Sacha Sperling
Ich dich auch nicht

Sacha Sperling

Ich dich auch nicht

Roman

Aus dem Französischen
von Carina von Enzenberg

Piper München Zürich

Mehr über unsere Autoren und Bücher:
www.piper.de

Die Originalausgabe erschien 2009 unter dem Titel »Mes illusions donnent sur la cour« im Librairie Arthème Fayard, Paris.

ISBN: 978-3-492-05385-3
© Librairie Arthème Fayard 2009
Deutsche Ausgabe:
© Piper Verlag GmbH, München 2011
Satz: Kösel, Krugzell
Druck und Bindung: CPI – Clausen & Bosse, Leck
Printed in Germany

Ich hatte keine Ahnung, wie melancholisch mich ein Spätsommerhimmel machen kann, auch wenn er noch so blau ist. Die Stille ist erdrückend, wenn man auf jemanden wartet und sicher ist, dass dieser Jemand nicht kommt, jedenfalls nicht wirklich.

Es klingelt. Durch die Gegensprechanlage nenne ich das Stockwerk und frage mich, ob es sein kann, dass er es vergessen hat. Ich höre den Aufzug. Ich öffne ihm, beobachte ihn, erinnere mich, und schon bereue ich. Er entschuldigt sich für die Verspätung. Er sieht mich nicht an. Er fragt nach einer Cola, ich sage, dass ich Cola Light habe. Er geht in die Küche und antwortet, dass er das weiß. Er beißt in einen Apfel und legt ihn zurück. Wir sagen nichts mehr, und als er vorschlägt, in mein Zimmer hochzugehen, hat sich der Apfel braun verfärbt. In meinem Bett tut er so, als würde er fernsehen. Er erzählt mir von seinen Ferien, fragt mich nach meinen, ohne sich meine Antwort anzuhören. Er küsst mich, ich weiche aus. Ich sage zu ihm: »Ich hoffe ...« Es ist schwer, die richtigen Worte zu finden, wenn man nichts mehr zu sagen hat. Ich versuche es noch mal: »Ich bin keine aufblasbare Puppe, weißt du ...« Er antwortet nicht. Ich frage ihn: »Liebst du mich?« Er starrt an die Decke und sagt ruhig: »Was glaubst du?« Ich muss mich gehen lassen. Dichtmachen. Ich wandere an seinem Bauch nach unten. Ich ziehe seine Unterhose runter. Zum Automaten werden. Ich schließe die Augen. Er sieht es, sagt nichts. Ich richte mich wieder auf, ich glaube, er hat abgespritzt. Ich bitte ihn um eine Zigarette, er hält sie mir hin, wie billig. Er steht auf. Er muss »abschieben«. Er fragt mich, ob ich »eine Kippe für später« will. Könnte er mich noch mehr demütigen? Er hat kein schlechtes Gewissen. Er verabschiedet sich, wie er mich begrüßt hat, ohne mich anzusehen. Mein Zimmer stinkt nach kaltem Rauch. Ich bleibe stehen, lange. Es gibt Augenblicke, da möchte ich weinen können. Nur ein bisschen. Geht nicht. Das Herz ist abgestorben. Ich kitzele es. Nein. Abgestorben. »Das einzig Unerträgliche ist, dass nichts unerträglich ist.«

In zwei Tagen geht die Schule wieder los.

Wenn ihr mich so sehen könntet, während ich mit euch rede, würdet ihr nichts sehen. Jedenfalls nichts Interessantes. Ich liege im Gras, zwischen einem Apfelbaum und einem Strauch. Ein Haus, ganz aus Schiefer, steht wie neben mich gestellt da. Eine graue Katze jagt einer unsichtbaren Maus nach. Die Landschaft hat nichts Fesselndes außer vielleicht der Stille. Diese traurige, mittelmäßige ländliche Stille, die alles ein wenig ernst und düster wirken lässt. Mehr werdet ihr aus dem Drumherum nicht rausholen, ihr werdet euch auf mich konzentrieren. Im Augenblick gibt es nichts weiter zu sehen. Ich habe noch meine Badehose an, bin noch glatt, noch rein, noch Jungfrau. Ihr würdet nicht sagen können, wie alt ich bin. Ich bin sowieso gerade dabei, es abzulegen, mein Alter meine ich. Ich muss zugeben, einen Jungen anzusehen, der im Gras liegt und nichts tut, ist ziemlich öde. Geht also weiter weg oder kommt näher ran. Auf mich zu. Nahaufnahme von meinem Gesicht. *Close-up* von meinen Augen. Seht ihr die Anspannung in meinem Blick, die Ungeduld? Man muss dazu sagen, dass in meinem Hirn, in meinem Körper, vielleicht sogar in meinem Herzen, eine Zeitbombe tickt. Allmählich könnt ihr das Ticken hören, und ihr findet es beklemmend. In ein paar Sekunden oder ein paar Tagen werde ich explodieren, und ihr werdet mit ansehen, wie das, was von mir übrig bleibt, also meine Überreste, auf den Asphalt, den Sand oder euren Fußboden niedergehen. In Millionen von uns tickt eine Zeitbombe.

Ihr habt es sicher vergessen, aber eines Tages habt ihr euch, wie ich, eure Langeweile bewusst gemacht, und in diesem Augenblick ist sie euch unerträglich geworden.

Wie ich habt ihr eines Tages von morgens bis abends den Himmel angesehen und euch gefragt, wo die Sterne bleiben.

Wie ich habt ihr begriffen, dass euer Leben beginnt, ohne dass ihr was dafür könnt.

Weil ihr, wie ich, vierzehn Jahre alt gewesen seid.

Der Zug fährt aus dem Bahnhof von Lisieux, und es fängt an zu regnen. Ich blicke auf die Fensterscheibe, das Wasser klatscht dagegen, und die Landschaft sieht schon bald aus wie ein verschmiertes Gemälde. Die Sitzbänke aus Kunstleder stinken nach Erinnerungen und Enttäuschung. Neben mir isst ein Mann eine Birne und starrt dabei vor sich hin. Was für eine Romanze hat er am Strand zurücklassen müssen? Welche Eissorte? Welchen Lichtschutzfaktor?

Und was liegt hinter mir? Ein Sommer, der rasch zu Ende geht und nach dem man sich nur halb zurücksehnt. Ein Sommer der Gespenster, in meinem Zimmer, spätabends, zu einer Uhrzeit, in der niemand mehr über dumme Teenagerträume richtet.

Der Zug fährt direkt nach Paris. Ich sage »direkt«, weil man es eben so sagt, obwohl die Strecke in die Hauptstadt voller Windungen, gefährlicher Kurven und *dead ends* ist.

Der Mann neben mir starrt mich jetzt an, und weil mir das unangenehm ist, krame ich in meiner Tasche. Meine Mutter liest in einer Zeitschrift. Ich hole das Notizbuch raus, das sie mir geschenkt hat. Ein in schwarzes Leder gebundenes, ein bisschen steifes Notizbuch. Ich habe nicht verstanden, warum sie es mir gegeben hat, als wir ziellos durch La Cienega fuhren und sich die riesige orange Sonne im Schwarz ihrer Sonnenbrille spiegelte. Ohne die Augen von der Straße zu nehmen, hat sie zu mir gesagt, dass sie ungefähr in meinem Alter damit angefangen hat, in so ein Notizbuch zu schreiben. Sie schenkt mir jedes Jahr so ein Heft. Ich hatte noch nie was reinzuschreiben, was die Mühe gelohnt hätte.

Im Wagon läuft immer noch die Klimaanlage, obwohl es überhaupt nicht mehr heiß ist.

»Sacha, holst du mir bitte einen Kaffee? Hier ist es eiskalt«, sagt meine Mutter und liest, den Artikel in der *Elle* über die Beschneidung von Mädchen in Afrika weiter.

Ich wanke durch den schlingernden Zug zur Bar. Ein Pärchen küsst sich vor dem Regen, der sich auf den Scheiben ausbreitet. Ein alter Mann sitzt vor einer kleinen Weinflasche und putzt seine Brillengläser. Ein Stück weiter raucht ein Typ mit dem Rücken zu mir eine Zigarette. Seine Kapuze verhüllt sein halbes Gesicht. Er trinkt eine Pepsi. Ich gehe an ihm vorbei zur Theke.

»Entschuldige.« Der Typ mit der Kapuze hat sich zu mir umgedreht. Seine Augen sind pechschwarz.

»Ja?« Der Zug schlingert wieder, und fast wäre ich auf ihn draufgeflogen.

»Entschuldige«, fängt er noch mal an, »hast du vielleicht einen Euro? Damit ich mir ein Sandwich kaufen kann?«

Er tritt einen Schritt zurück und sieht mich sonderbar an. »Heißt du nicht Sacha?«

Ich kriege keine Antwort raus, ich weiß auch nicht, warum.

»Ich bin Augustin, wir haben uns schon mal gesehen. Ich bin ein Kumpel von Jane, ich war letztes Jahr auf ihrem Geburtstag. Du gehst auf die École de Lorraine, oder?«
Ich würde mich an ihn erinnern, wenn ich ihn schon mal gesehen hätte. Ich antworte: »Ja, auf die Lorraine. Und du?«
»Nicht weit davon, aufs Lycée de Montaigne.«
Ich bewundere Menschen, die Blicken standhalten können, ich kriege das nicht hin. Ich gebe ihm einen Euro.
»Danke, das ist nett ... Woher kommst du gerade?«
Ich antworte, während ich die Bestellung aufgebe: »Aus Deauville. Meine Mutter hat dort in der Nähe ein Haus auf dem Land. Und du?«
Er steckt sich eine neue Zigarette an und antwortet: »Mein Vater auch, bei Lisieux.«
Er macht eine Pause und schiebt die Kapuze zurück. Er hat braunes Haar mit fast schwarzen Stellen. Er sagt: »Kommst du jetzt auch in die Neunte?«
Die Weinflasche des Brillenträgers fällt zu Boden. Eine rote Lache breitet sich langsam aus, aber der Mann reagiert nicht. Ich starre den Fleck an und antworte: »Ja, in die Neunte.«
Die Kellnerin reicht mir den Kaffee. Ich sage: »Na dann, bis bald ...«
Ich nehme den Becher.
»Bis zur Ankunft ist es noch eine gute Stunde ... Ich warte hier, wenn du willst.«
»Okay, mal sehen ...«
Wieder lächelt er mir zu.
Im Wagon liest meine Mutter immer noch. Ich werde nicht zurück zur Bar gehen. Ich bleibe lieber

hier, höre Musik und schlafe vielleicht ein bisschen. Der Mann am Fenster fängt an zu heulen. Er schnieft leise. Meine Mutter ist in ihre Lektüre vertieft, sie beachtet den weinenden Mann nicht. Die Stimmung hier im Wagon ist mir zu düster. Ich habe Durst. Ich habe Lust auf eine Cola. Ich gehe zurück zur Bar, die jetzt komplett leer ist. Als ich kleiner war, habe ich meine Mutter oft stundenlang bekniet, mit mir in ein Spielwarengeschäft zu gehen. Kaum waren wir dort, schämte ich mich. Ich wurde unausstehlich und wollte nichts mehr haben. Meine Mutter wurde natürlich sauer. Dabei starb ich vor Lust, mir haufenweise Spielzeug zu kaufen. Wir gingen wieder, und ich fing an zu heulen. Ich hätte gleich zurück zur Bar gehen sollen. Ich wollte, dass meine Mutter meine Wünsche erriet. Egal.

»Eine Cola, bitte.«

Der Zug bremst, und es fühlt sich an wie ein unterdrückter Orgasmus. Es regnet nicht mehr, und ich habe Netz. Ich rufe Rachel an.

Rachel spuckt ihren Kaugummi vor den Schaufenstern des Bon Marché in die Gosse. Sie muss sich für den Schulanfang ein Paar Schuhe kaufen. Sie erzählt mir von ihren Ferien. Ich langweile mich. In der Handtaschenabteilung läuft uns ein Mädchen über den Weg, das große Ähnlichkeit mit Gabrielle hat. Gabrielle war diesen Sommer so was wie meine Freundin. Sie hat ein Haus in Deauville. Sie ist hübsch. Ihr Haar ist tagsüber gewellt und nachts glatt. Wir haben uns am Strand kennengelernt. Sie war nicht sehr interessant, hatte aber eine schöne ernste Stimme. Sie roch nach Kokosnuss und Nutella. Ein richtiger Crêpe! Eines Abends war es noch warm am Strand, und wir haben uns in den Sand gelegt. Sie trug Jeans und einen Kaschmirpulli, und ich bekam Lust, sie zu küssen. Sie hat den Pulli ausgezogen. Ihre schweren Strähnen klebten auf ihren mit Himbeergloss bepinselten Lippen. Ihre Haare klebten überall, auf ihren Lippen, ihrer Brust, ihren Schultern und ihren Wangen. Ich habe die Hand in Gabrielles Hose geschoben, aber sie hat mir zu verstehen gegeben, dass ich es gut sein lassen und aufhören soll. Ich wusste, dass ich sie nicht wiedersehen würde. Auf dem Heimweg habe ich masturbiert und dabei an sie gedacht, und das war's. Ich habe Gabrielle beim Ejakulieren ausgeschieden.

Rachel findet ein Paar Chucks, die angeblich »perlgrau«, in meinen Augen aber marineblau sind. Sie bezahlt. »Ich habe *Ihnen* zu danken«, ruft der Verkäufer, obwohl wir überhaupt nichts gesagt haben. Als wir aus dem Geschäft kommen, sehe ich plötzlich vor mir eine graue Kapuze. Es ist der Junge aus dem Zug. Ein *upper cut* in den Bauch, ich weiß nicht, warum. Keine logische Erklärung, kein objektiver Grund. Er wirft seine Kippe weg. Er grinst lässig, als hätte er vorausgesehen, dass er mich wiedersehen würde. Er sagt: »Na, du verfolgst mich wohl!«

Er streckt mir die Hand hin, ich drücke sie.

»Was machst du hier?«, frage ich ihn.

»Ich hab mir ein Paar Treter gekauft«, sagt er und hebt seine Tüte hoch.

Rachel, die ich ganz vergessen habe, antwortet, dass sie sich auch Schuhe gekauft hat. Langes Schweigen. Ich habe sie nicht vorgestellt. »Rachel, das ist …«

Ich erinnere mich nicht mehr. Er fährt fort: »… Augustin.«

Rachel kichert und sagt: »Bist du nicht ein Freund von Jane? Ich glaube, ich hab dich schon mal gesehen.«

Er nickt. Wir unterhalten uns kurz, und Rachel schlägt ihm vor, mit uns was trinken zu gehen.

Rachel sieht mich an, ich glaube, sie findet ihn gut aussehend. Er redet mit sanfter Stimme auf sie ein und legt dabei den Kopf leicht schief. Sie gefällt ihm bestimmt, aber sie merkt es nicht. Sie ist es nicht gewohnt, von Typen wie Augustin angebaggert zu werden. Ich halte mich aus der Unterhaltung raus. Ich schaue durch die Fensterscheibe des Cafés. Der Himmel ist grau und dräuend. Die Luft ist schwül. Sie will die letzte Sommerhitze loswerden. Augustin bietet Rachel eine Zigarette an. Sie nimmt sie, und das wundert mich. Vor zwei Monaten hat sie noch nicht geraucht. Ein Pärchen setzt sich an den Nebentisch. Das Mädchen weint. Die beiden haben bestimmt gerade Schluss gemacht. Augustin und Rachel beachten sie nicht. Ich bin wohl der Einzige, der die weinenden Fremden bemerkt. In Wirklichkeit lacht das Mädchen, und ich bin erleichtert. Rachel muss nach Hause. Sie gibt Augustin ihre Nummer, bevor sie geht.

Wir sitzen jetzt allein neben dem Pärchen, das die Rechnung verlangt. Augustin scheint das nicht zu stören. Er muss wirklich ein gesundes Selbstbewusstsein haben. Er ist einer von den Typen, die es schaffen, eine Stunde lang zu schweigen, ohne sich dabei unwohl zu fühlen. Ich muss immer den Raum, die Stille ausfüllen. Ich erzähle ihm irgendwas, texte ihn zu. Das amüsiert ihn. Er foppt mich ein wenig. Dann erklärt er mir, was er an Rachel mag. Er findet sie hübsch. Ich glaube herauszuhören, dass er sie ein bisschen verachtet.

Nachdem er mir erklärt hat, dass er Rachels Beine mag, sagt er: »Aber weißt du, das Wichtigste bei einem Mädchen sind nicht die Haare, die Figur oder die Beine ...«

Er bricht ab, als wollte er analysieren, was er gerade gesagt hat, und fährt dann mit abwesender Miene fort: »Es kommt auf die Einstellung an ...«

Er macht noch eine Pause und schlussfolgert dann: »Die Einstellung täuscht mich nicht.«

Ich verstehe nicht, was er damit sagen will. Ich bin mir fast sicher, dass es auch gar keinen Sinn macht. Ich halte jetzt den Mund. Im Hintergrund läuft ein Lied von Gainsbourg. Ich kenne es nicht. Der Rhythmus ist abgehackt, und ich erkenne nur die Stimme.

Sur son cœur on lisait »personne«,
Sur son bras droit »raisonne«.

*A*ls ich geboren wurde, wohnte mein Vater nicht bei uns. Meine Mutter und er hatten sich mit siebzehn kennengelernt. Meine Mutter trank gerade was im Café gegenüber vom Lycée Jules Ferry. Mein Vater hatte einen Unfall mit dem Mofa. Meine Mutter ging raus, um ihm zu helfen. So lernten sie sich kennen. Sie kamen ins Gespräch, und meine Mutter machte sich über meinen Vater lustig, weil er einen Akzent hatte. Ich stelle mir gern vor, dass es bei meinen Eltern Liebe auf den ersten Blick war, das gefällt mir.

Nach allem, was man mir erzählt hat, waren die ersten fünf Jahre idyllisch. Meine Mutter brannte durch, um bei meinem Vater zu leben, und sie arbeiteten zusammen in Bars und Restaurants, mal im Service, mal an der Garderobe. Die Probleme begannen im Mai '68. Weil sie zwanzig Jahre alt waren, weil man frei sein musste. Ich glaube, mein Vater rührte als Erster eine andere Frau an. Und ich glaube, meine Mutter schwor sich damals, es ihm zwar nie übel zu nehmen, aber mit gleicher Münze heimzuzahlen. So liebten und betrogen sie sich, sie betrogen sich abwechselnd, hassten sich, ohne es zuzugeben, und rauften sich wieder zusammen, ohne Tränen zu vergießen. Sie waren frei, hatten zwar Schuldgefühle, aber es war ja gerade der Wettstreit, der ihnen Lust bereitete. Jede neue Affäre des einen war wie ein

Schlag gegen den anderen. Sie spielten Angstmachen. Sie taten so, als würde es ihnen nichts ausmachen. Ihre Liebe sollte stärker als alles andere sein.

Sie hatten die Rechnung ohne Marianne gemacht. Marianne war vierundzwanzig, und ich glaube, sie weckte in meinem Vater verborgene Begierden aus der Kindheit, als er und seine Freunde in der Kasbah der hübschen, dunkelhäutigen, schwarzhaarigen Nachbarin nachgestellt hatten. Mein Vater konnte nicht widerstehen, und es hinderte ihn ja auch niemand. Aber meine Mutter begriff, dass die Geschichte diesmal von Dauer sein würde. Mein Vater fällt nicht gern radikale Entscheidungen, er möchte niemandem wehtun, und meine Mutter konnte ihm deshalb auch nie böse sein. Ein paar Jahre später wurden meine Halbschwester Joséphine und mein Halbbruder Aurélien geboren. Ich glaube, das Verhältnis zwischen meiner Mutter und Marianne war damals sehr angespannt, weil mein Vater nach wie vor zwischen beiden Wohnungen pendelte. Ein paar Jahre später wollte sie ein Kind. Ich weiß nicht genau, warum sie beschloss, dass mein Vater mein Vater sein sollte. Weil er ihre erste Liebe war? Weil er es ihr schuldete? Jedenfalls bekam sie ihr Kind, also mich, von meinem Vater (logisch, aber die Sache ist nun mal kompliziert). Ich habe meine Mutter nie wirklich verstanden, meinen Vater und diese ganze Geschichte übrigens auch nicht. Als ich geboren wurde, wohnte mein Vater nicht bei uns. Es gab nie wirklich einen Mann im Haus. Mein Vater kam manchmal sonntags zu einer Stippvisite, einem Happening. Er kam, nahm mich in den Arm, meine Mutter machte Fotos, dann ging er und ließ die Wohnung wieder »unbemannt« zurück.

Als ich geboren wurde, war mein Vater nicht Teil meines Lebens, und trotz all seiner Bemühungen änderte sich das nie.

Ab der neunten Klasse weht hier ein anderer Wind. Sie werden mehr Verantwortung übernehmen und fleißig lernen müssen – natürlich nur, wenn Sie wollen, dass alles optimal läuft. Das hat Monsieur Melion zu uns gesagt, als wir bei Schulbeginn in der Aula saßen. Ich höre bei seinen Ansprachen nicht mehr zu. Ich mag Menschen nicht, die sich gern reden hören. Die Lehrer tun das alle. Ich bin seit zehn Jahren auf der École de Lorraine. Die Grundschule heißt hier nicht »École Primaire«, sondern »Petit Collège«. An meiner Schule gibt es so viele humanitäre Einrichtungen wie nicht berufstätige Mütter. Ihr könnt so tun, als würdet ihr den Blinden, den Afrikanern, den Obdachlosen, den Kindern, den Alten, den Tieren oder der Erde helfen. Ihr könnt einen T-Shirt-Verkauf zugunsten körperlich behinderter Kinder organisieren oder, wenn ihr nicht auf behinderte Kinder steht, einen Kuchenverkauf, um Hefte an eine Schule in Laos zu schicken. An der École de Lorraine kann man jeden Morgen einen gnadenlosen Klassenkampf miterleben. Vor dem Schultor auf der einen Seite die Mütter aus dem 6. Arrondissement mit ihren hellbraunen Hermès-Taschen, den großen Chanel-Sonnenbrillen, Jeans von Zadig und Voltaire und Leinenjacken von Comptoir des Cotonniers, in einer Hand die druckfrische *Marie-Claire* und an der anderen ihr Kind, das die Turnschläppchen dabeihat, weil heute Psychomotorik-Stunde ist (ein Unterrichtsfach zur »Entwicklungsförderung im Bewegungsbereich«, das die Kinder an der École de Lorraine vom Kindergarten bis zur fünften Klasse belegen müssen). Auf der anderen Seite eine Horde Philippininnen, Marokkanerinnen, Brasilianerinnen und Antillesinnen in den abgelegten Kleidern ihrer Arbeitgeberinnen, Relikte aus der Zeit vor Einführung des Fettabsaugens. Die beiden Frauenlager kommunizieren nicht miteinander. Sollte ein Sohn in Begleitung seiner bourgeoisen Mutter dummerweise auf die Idee kommen, mit einem Jungen, der mit Nouna, der Senegalesin, da ist, spielen zu wollen, ignorieren sich die beiden Frauen und die Mutter muss plötzlich dringend telefonieren.

An »normalen« Schulen finden die Schüler ihre Namen nach den Sommerferien auf einer Liste und wissen dann, welcher Klasse sie zugeteilt sind. Ich sehe mir die anderen Schüler an. Die Sitzenbleiber und die Neuen sitzen isoliert in den seitlichen Reihen. Ich habe meine Clique um mich. Wir haben alle Ketten aus künstlichen exotischen Blumen um den Hals, die Flora uns aus Hawaii mitgebracht hat. Sie hat uns angefleht, sie umzuhängen, und gesagt, dass sie die Scheißdinger extra für uns im Flugzeug mitgeschleppt hat. Wir sehen albern aus. In meiner Gruppe sind die hübschesten Jungs und die hübschesten Mädchen. Ich gehöre zufällig zu den Coolen.

»Wenn Ihr Name aufgerufen wird, gehen Sie bitte in Ihre Klasse.«

Ich werde aufgerufen. Meine Klasse ist grässlich. Ich kenne so gut wie niemanden. Zum Glück gehört Flora auch dazu. Ich ahne, dass es dieses Jahr nicht gerade lustig wird, jedenfalls nicht in der Schule.

»Heute hat sich im Bois de Boulogne ein Typ abgefackelt. Keiner weiß, warum«, erzählt uns Quentin.

»Wie ›abgefackelt‹?«, fragt Nina.

»Na, anscheinend mit Benzin und Streichhölzern.«

»Komische Geschichte«, sagt Dominique.

»Komisch?«, frage ich.

»Na ja, nicht komisch, aber auf jeden Fall seltsam«, antwortet sie rasch.

»Er hätte sich doch einfach eine Kugel in den Kopf jagen können«, schlägt Flora vor.

Jane zündet sich eine Zigarette an und teilt uns mit ernster Miene mit: »Mit Paul stimmt was nicht.«

»Warum?«, rufen wir alle.

»Ich glaube, er kokst wieder«, sagt sie mit Grabesstimme, in der auch ein bisschen Stolz mitschwingt.

»Wie kommst du darauf?«

»Keine Ahnung. Er ist wieder so ... so ... Wie soll ich sagen ...? Speedy.«

»Wirst du ihn drauf ansprechen?«, frage ich.

»Vielleicht. Keine Ahnung«, antwortet sie und drückt ihre Zigarette aus.

Wir treffen uns jeden Freitag hier. Das *Lotus* sieht aus wie alle Cafés, die angesagt aussehen sollen: pseudoindisch, pseudoloungemäßig, pseudo eben. Jeden Freitag reden wir über dieselben Dinge. Wir amüsieren uns nicht wirklich im *Lotus*, aber es ist Freitag und immer noch besser dort, als allein zu Hause zu sein. Obwohl, ganz sicher bin ich mir nicht.

»Du solltest mit ihm drüber reden«, sagt Nina lustlos.

»Dir zuliebe hört er bestimmt nicht auf«, sage ich noch lustloser.

Jane sieht beleidigt aus, sie sagt: »Das zieht mich runter. Reden wir nicht mehr drüber.«

Also reden wir nicht mehr drüber.

Ich gehe gegen 21 Uhr nach Hause. Ich sehe mir eine DVD der Serie *Friends* an. Eine halbe Stunde später schlafe ich ein. Mein letzter Gedanke ist, dass sich heute im Bois de Boulogne jemand abgefackelt hat und man immer noch nicht weiß, warum.

Mein Wecker klingelt. Ich habe keine Lust, mich zu rühren. Es ist Samstag. Samstags schlafe ich immer aus. Ich gönne mir noch ein paar Minuten. Dann ziehe ich den Vorhang auf. Der Himmel ist grau. Ich habe keine große Lust auf Disneyland. Gestern hat mich Augustin angerufen. Er hat mich gefragt, ob ich mitkomme. Er hat gesagt, dass er zwei Eintrittskarten hat und es ein cooler Trip werden könnte. Ich habe mir gesagt, dass ich sowieso nichts Besseres vorhabe. Ich gehe duschen. Im Fernsehen läuft ein Song, den ich mag. Unter der Dusche schließe ich die Augen. Später klopfe ich bei meiner Mutter an die Schlafzimmertür. Sie ruft »Herein!«. Das Zimmer liegt im Halbdunkel. Sie ist noch im Pyjama und liest. Ich baue mich vor ihr auf, drehe mich einmal um die eigene Achse und frage:

»Wie seh ich aus?«

Sie blickt von ihrem Buch auf. Sie ist noch ungeschminkt und unfrisiert. Sie ist schön. Bestimmt finden alle Söhne ihre Mütter schön. Sie hat ein sanftes Gesicht: eine kleine Nase, die nicht stört, zartgrüne

Augen wie zwei Schildkröten, Lippen so fein wie Streichhölzer.
»Nicht übel. Aber rote Socken zu schwarzen Schuhen ... nicht gerade der Hit!«
»Maman, die Socken sind doch total egal, auf den Rest kommt es an!«, sage ich genervt.
Eine Fotografin als Mutter, das bedeutet, dass ständig ein Objektiv auf dich gerichtet ist. Ich habe gelernt, mit diesem Blick zu leben. Ich weiß mich in Szene zu setzen. Ich habe immer gewollt, dass sie mich interessant findet. Fesselnd. Ich habe schon vor einer Ewigkeit beschlossen, dass ich das wichtigste Motiv ihres Lebens sein werde. Das ist ungerecht. Aber menschlich.
»Socken hin oder her, bist du sicher, dass dir der Rest gefällt?«, frage ich.
Ich glaube, niemand wird mich je mehr lieben als sie.
»Der Rest geht. Geschmack hattest du schon immer, wenn auch keinen Stil.«
Ich mache ein böses Gesicht. Da sagt sie: »Das war ein Scherz, Sacha! Schau nicht so! Wohin willst du überhaupt in diesem Aufzug? Es ist noch früh ...«
Eines Tages wird sie nicht mehr da sein. Ob man die Stimme seiner Mutter vergisst? Ihren Geruch? Mir kommt es so vor, als würden die Toten in den Köpfen der Lebenden nur einen Schatten zurücklassen. Meine Mutter wird nie ein Schatten sein. Ich werde vor meinem Tod nicht so viel Angst haben wie vor ihrem.
»Das hab ich dir gestern Abend doch erzählt! Ein Freund hat mich nach Disneyland eingeladen. Außerdem bin ich schon spät dran. Kannst du mir ein bisschen Geld geben?«

Eines Tages habe ich aufgehört, meine Mutter als meine Mutter zu sehen. Ich weiß nicht, wie das gekommen ist. An jenem Tag habe ich angefangen, sie wirklich zu lieben.

»Nimm dir aus meiner Handtasche, was du willst. Nur weil andere nicht auf ihre Socken achten, muss man es noch lange nicht genauso machen. Wenn man jemand sein will, muss man unverwechselbar sein.«
Ich habe für so was keine Zeit. Ich habe für diese Spielchen keine Zeit mehr. »Okay, Maman. Aus der schwarzen Handtasche oder aus der blauen?«
Sie lächelt mir zu. »Aus der schwarzen. Viel Spaß. Ich liebe dich.«

Ich nehme fünfzig Euro, verabschiede mich, werfe in der Diele einen Blick in den Spiegel, kämme mein Haar, zerwühle es wieder, betrete den Aufzug, verlasse das Haus, biege rechts ab, gehe zur Metro runter, steige ein, setze mich. Ich glaube, ich habe vergessen, mich bei meiner Mutter zu bedanken.

Als Treffpunkt hat er die Haltestelle Châtelet vorgeschlagen. Ich dachte, ich wäre spät dran, und es ärgert mich ein bisschen, dass ich es nicht bin. Merkwürdig, jemanden einfach so nach Disneyland einzuladen. Ich sehe ihn kommen. Er hat nur ein T-Shirt und eine schwarze Kapuzenweste an. Er ist einer von diesen Typen, die nie frieren. Ich schäme mich für meinen dicken, dunkelblauen Mantel.
»Wartest du schon lange auf mich?«
»Seit Stunden, Mann!«
Wir geben uns die Hand. Wir steigen in den Zug. Er setzt die Kapuze auf. Ich möchte gern wissen, warum er mich eingeladen hat, deshalb sage ich: »Hör

mal, ich finde es supercool, dass du mich einlädst, aber bist du sicher, dass ich dir für meine Karte keine Kohle geben soll?«

»Nein, ist schon okay. Ich hab die beiden Karten schon vor Längerem gekauft und …«

Er blickt zu Boden. Er ist einer von diesen Typen, die einfach so, mitten im Satz, abbrechen können. Er ist einer von diesen Typen, die einen umhauen. Ich rede für ihn weiter: »… und dann hast du sämtliche Kumpels durchtelefoniert, aber sie haben geantwortet, dass sie keinen Bock auf ein Tête-à-Tête mit dir in Disneyland haben. Also hast du nach einem Langweiler gesucht, für den das *die* Gelegenheit ist, und bist auf mich gekommen!«

Er muss lachen. Im Zug reden wir über unsere Lieblingsattraktionen. Er mag: den Space Mountain, dieses Star-Wars-Ding, Indiana Jones, den Bergwerkszug, die Piraten, das Spukhaus und Peter Pan. Ich fange an zu lachen. Er fragt mich, warum.

»Du bist vielleicht originell! Du magst, was alle mögen! Oder kennst du Typen, die eher auf Elefant Dumbo als auf Space Mountain abfahren?«

Er grinst.

Wir wechseln den Wagon. Der Zug ist leer. Er erzählt mir, dass er drei Joints dabei hat. Ich habe lange nicht geraucht. Ich mag es nicht besonders. »Cool«, sage ich. Ich frage ihn, ob er viel raucht. Er antwortet: »Ein bisschen zu viel.« Ich kann ihn verstehen. Es ist bestimmt angenehm, ständig wie schwerelos zu sein. Er spielt auf seinem Handy »Space Invaders«.

In Disneyland ist es immer grau. Er sagt, dass er Hunger hat. Im Schnellrestaurant rempelt mich ein billiger Aschenputtel-Abklatsch an, und ich fluche:

»Blöde Putze!« Darüber muss Augustin lachen. Wir verstecken uns im Gebüsch, um eine zu rauchen. Wir lachen über nichts und wieder nichts. Es geht los. Wir kehren in den Park zurück. Die Welt vor meinen Augen wird watteweich. Zerfließt wie Schaumzucker. Alles läuft wie in Zeitlupe ab.

Augustin schlägt mir feixend auf die Schulter. »Ich hab's dir gesagt, dieses Gras ist stark.«

Vor uns eine Abfolge von Bildern wie Kugeln, wie ein Feuerwerk. Tonnenweise Bonbons, Millionen Plüschtiere, Kleider, Tassen, Schmuckstücke, Figürchen, Flügel, Zauberstäbe, Haarreife, überall Musik, Kinder, ein verrückter und gut organisierter Tanz. Alles trieft vor Zucker. Wir marschieren durch die Menge, die Menschen weichen uns aus, wir lachen, stürzen fast, und die Welt ist gleichzeitig ein Urwald, eine Stadt in Italien, der Mond, die Wüste, Amerika … Die Welt schrumpft. *It's a small world*, singen die Kinder. Er sagt was zu mir, aber es ergibt keinen Sinn. Das ist ein Trip. Ein echter.

Augustin klaut einen Pulli und zieht ihn an. Niemand sagt was. Ich kralle mir eine Tüte Bonbons, für die ich nicht bezahle, eine Brille mit herzförmigen Gläsern und einen roten Spielzeugrevolver, er einen Piratenhut und einen Säbel. Wir sehen aus wie zwei Verrückte. Zwei vierzehnjährige Zombies, die verkleidet durch einen Vergnügungspark irren. Mein Blick fällt auf drei Kinder, die am Arm ihrer Mutter zerren, um sie hinter sich her zu ziehen. Sie sträubt sich, aber die Kinder sind stärker, sind ihr zahlenmäßig überlegen. Am Ende gewinnen sie. Die Mutter kocht vor Wut, sagt aber nichts.

Wir kommen an einem Restaurant vorbei, in das

mich mein Vater mal zu meinem Geburtstag eingeladen hat. Dann erreichen wir den Space Mountain, und als wir nebeneinandersitzen und ich sein Gesicht nicht sehen kann, sagt er: »Als ich klein war, lief im Fernsehen Werbung für den Space Mountain. Es hieß, in Disneyland könnte man auf den Mond fliegen. Es wurden Bilder von Sternen, eine Rakete und das alles gezeigt. Ich hab meine Mutter bedrängt, mit mir herzufahren, aber da war kein Mond. Nur das hier. Kinderkram.«

Mir bleibt keine Zeit zum Antworten. Eine Stimme sagt: fünf ... vier ... drei ... zwei ... eins ... GO! Der Kopf in den Sternen, Sterne im Magen, Licht, Lärm und der Schatten eines lächelnden Monds, wie eine Belohnung. Nach der Fahrt übergibt sich Augustin am Wegesrand. Er kommt zurück. »Fahren wir noch mal?« Er ist einer von den Typen, die kotzen und dann noch eine Runde Space Mountain fahren wollen. Er ist bescheuert. Wir setzen uns. Er zündet sich eine Zigarette an. Normalerweise rauche ich nicht, aber ich habe Lust, es ihm nachzumachen. Also stecke ich mir auch eine an. Es kostet mich noch ein bisschen Überwindung, aber irgendwann werde ich es schon mögen. Die Luft ist raus. Wir starren vor uns hin und wissen nicht, was wir sagen sollen. Er tritt seine Zigarette mit der Sohle seiner Chucks aus.

»Eigentlich wollte ich mit meiner Freundin herkommen, aber ich hab mit ihr Schluss gemacht.«

Ich sage nichts darauf. Ich trete meine Zigarette auch aus. Er zieht sein Handy raus und schießt ein Foto von unseren zwei Paar Chucks und den zertretenen Zigaretten darunter. Ich traue mich nicht, ihn zu fragen, was das soll.

Er sagt: »Ich glaube, ich hab mich heute besser amüsiert, als wenn ich mit ihr gekommen wäre. Du bist ein witziger Typ, ein bisschen seltsam, aber sehr witzig.«

Ich weiß nicht, was ich sagen soll. Ich finde ihn auch lustig und gleichzeitig seltsam. Die Sonne lässt sich kurz über Disneyland blicken. Schon 17 Uhr. Es ist düster. Das Kraut zeigt keine Wirkung mehr.

»Fahren wir heim«, sagt er. Und ich sage: »Okay, gern.« Und er antwortet: »Auf geht's.«

Die ersten Schultage sind eine Serie verschwommener, trostloser Bilder, wie verwackelte, hastig geschossene Fotos. Ich habe keine Lust, hier zu sein, ich habe was Besseres zu tun. Im Unterricht zeichne ich, verschicke Nachrichten, höre Musik. Ich bin buchstäblich woanders. Es gibt die ersten Noten. Katastrophal. Meine Klassenkameraden mögen mich nicht besonders. Ich denke an Augustin. Ich denke an diese Wut, die wir teilen. Das wahre Leben außerhalb der Schulmauern hat mir mehr zu bieten. Das wahre Leben. Das, in dem man der Sonne trotzt, die immer zu früh aufgeht. Augustin kennt keine Grenzen. Eine Revolverkugel, die erst der Einschlag aufhalten kann. Wenn er besoffen ist, sagt er immer: »Schlafen ist ein bisschen wie sterben...« Langsam glaube ich ihm das. Wenn ich am Samstagabend nichts vorhabe, machen mir meine Einsamkeit und Untätigkeit zu schaffen, sie stören mich, jucken mich. Ich muss in Bewegung bleiben. Ich zähle die Minuten bis zur Party. Aber die Wochenenden sind zu kurz, um meinen Hunger zu stillen. Ich muss sie ausbauen. Ich muss aus dem Leben ein einziges langes Wochenende machen. Ich beherrsche dieses Spielchen ziemlich gut. Morgen steigt eine große Party, Augustin hat mir davon erzählt. Perfekt. Wir sind zwei gierige Forscher auf der Suche nach künstlichen Gefühlen.

»Wir können doch nicht mit leeren Händen aufkreuzen«, sage ich auf dem Weg zur Party zu Augustin.
»Na klar, mach dir nicht ins Hemd.«
Ich weiß nicht, zu wem wir gehen. Er fragt mich: »Hast du Kohle?«
Ich krame in meinen Taschen. Ich habe nichts. Er sagt mit einem Grinsen: »Am Geld soll's nicht liegen.«
Minuten später stehen wir in der Rue de Rennes im Monoprix vor dem Spirituosenregal.
»Also, was nehmen wir? Wodka kommt immer gut. Wir nehmen zwei, eine für die anderen, eine für uns.«
Er schnappt sich eine Flasche und steckt sie in die Hose.
»Na los, nimm auch eine!«
Ich finde das lustig. Wir gehen zum Ausgang. Ein Wachmann hält uns auf.
»Dann holt mal die Flaschen aus euren Hosen, Kinder.«
Scheiße. Augustin wird so rot wie die Krawatte des Wachmanns. Wir ziehen die Flaschen raus.
»Wenn das kein trauriger Anblick ist! Ihr seid noch nicht volljährig, oder?«
Wir schütteln den Kopf.
»Na, großartig! Kommt mit.«
Wir folgen dem Wachmann in ein kleines, finsteres Büro. Ich sollte mir was einfallen lassen. Er bietet uns keinen Stuhl an. Es sind schon andere Männer drin, alle schwarz, alle riesig und einschüchternd.
Unser Wachmann erklärt ihnen: »Also, diese beiden

jungen Diebe müssen von ihren Eltern abgeholt werden. Sie haben versucht, das Geschäft mit zwei Flaschen Wodka zu verlassen.«
Er zeigt auf die Flaschen.
»Gebt uns die Telefonnummern eurer Eltern«, verlangt einer der Wachmänner, die schon im Raum waren.
Augustin scheint das alles nicht zu kratzen. Seine Mutter trifft als Erste ein. Sie wirft mir einen kühlen Blick zu, entschuldigt sich bei den Wachmännern und nimmt Augustin mit. Sie halten mir eine Moralpredigt. Ich sollte mich wohl schämen. Dabei geht es nur um Wodkaflaschen, die ich noch nicht mal klauen konnte.
Meine Mutter kommt kurz darauf. Sie sieht aus wie eine Irre. Sie trägt eine Sonnenbrille und einen Pyjama mit einem großen Mantel darüber. Sie entschuldigt sich ebenfalls und nimmt mich mit. Wir gehen zu Fuß nach Hause. Sie hält mir eine kurze Standpauke. Sie wiederholt mehrmals, wie blöd ich bin, weil ich doch weiß, dass sie mir so viel Geld gibt, wie ich will. Sie nimmt mir das Versprechen ab, dass ich so was nie wieder tue. Ich werde nicht bestraft.

Augustin ist enttäuscht, als ich ihm mitteile, dass ich ihn am Samstag nicht sehen kann, weil Jom Kippur ist. Er weiß nicht, was das ist, und ich kann es ihm auch nicht richtig erklären.
»Das ist die große Vergebung, du gehst in die Synagoge und darfst nichts essen, damit dir vergeben wird.«
Darauf antwortet er nur: »Aber bei dir gibt's doch nichts zu vergeben.«

Eines Tages befand meine Mutter, dass es nicht gesund ist, wenn ich meinen Vater so selten sehe. Sie ergriff radikale Maßnahmen. Künftig sollte ich jedes zweite Wochenende mit ihm verbringen. Er hatte damals gerade ein Haus in Südfrankreich gekauft. Ich war fünf Jahre alt. An einem Samstagmorgen brachte mich meine Mutter nach unten, wo mein Vater auf mich wartete. Ich kletterte in sein Auto, das stark nach neuem Leder roch. Drinnen erwarteten mich ein achtjähriges Mädchen und ein vierzehnjähriger Junge. Das war's, ich hatte gerade meinen Bruder und meine Schwester kennengelernt. Natürlich hatte mein Vater sie ab und zu bei unseren Sonntagsgesprächen erwähnt, aber in meiner Vorstellung waren sie etwa so lebendig wie die Hexe aus den Märchen, die meine Mutter mir vorlas. Wahrscheinlich wussten sie mehr über mich als umgekehrt, auch wenn beide kariert schauten, als ich ins Auto stieg. Keiner sagte ein Wort, bis meine Schwester knallhart verkündete: »Papa, ich bin enttäuscht, ich wollte einen kleinen Bruder, aber der ist nicht klein genug.« Der erste Schock war, sie zu meinem Vater »Papa« sagen zu hören. Außerdem hat sich dieser Satz in meinem Gedächtnis festgesetzt. Ich war eine Enttäuschung. Ich glaube, meine Schwester hat mir nie verziehen, dass ich zu alt war, und mein Bruder, damals noch ein Teenager, hat mich nie wirklich ins Herz geschlossen. An jenem Tag habe ich, ohne zu wissen, warum, und ohne was dafür zu können, eine Halbschwester und einen Halbbruder bekommen. Gegen dieses neue Familienleben, das mir aufgezwungen wurde, war das Wörtchen »halb« mein einziges Bollwerk. Ich gehörte nur halb zu ihrer Familie, also konnte ich sie auch »halb« lieben. Dieses »halb« wurde mein Schutz, meine Ausflucht. Unter der Woche war ich allein, ich war Sacha, der Sohn meiner Mutter, und am Wochenende wurde ich zum Halbbruder, zum »Halbsohn«. Ein Teil von mir hat sich damit *abgefunden, der Bruder von jemandem zu sein, aber der andere Teil hat sich verweigert.*

Jom Kippur. Ich habe nicht gefastet. Ich fand es Strafe genug, am Samstag nicht ausgehen zu dürfen. Ich habe mich mit meinem Vater und meinem Bruder in der Synagoge getroffen. Ich hasse Kippur. Da stinken die Menschen. Ich glaube, mein Vater freut sich, dass ich da bin. Er geht den Brillenkönig Alain Afflelou begrüßen, was ich affig finde. Er kommt zu mir zurück, fasst mich an den Schultern. Er freut sich wirklich. Er sieht müde aus. Das Fasten fällt ihm immer schwerer. Mein Vater sieht nicht so aus wie die anderen Männer in der Synagoge. Zum einen hat er blaue Augen und blondes Haar. Und er hat was Majestätisches. Eine gewisse Eleganz. Er fühlt sich überlegen, das sieht man. Er zupft seinen Tallit zurecht. Er sagt nichts. Mein Bruder geht auf die Toilette. Mein Vater sieht den Rabbi an, dann die Torah in ihrem Schrank. Er hat Kopfschmerzen. Er setzt sich. Er tut so, als würde er im Gebetbuch lesen. Dabei ist er in Gedanken woanders. Er blättert die Seiten von links nach rechts um.

Ich frage ihn: »Papa, glaubst du ernsthaft an Gott?«

Er antwortet mir bedächtig, ohne mit dem »Lesen« aufzuhören: »Ja, Sacha, ich glaube an Gott.«

Ich bin mir ziemlich sicher, dass er lügt. Er ist nicht der Typ Mann, der an Gott glaubt. Er ist zu melancholisch. Ich bin genervt. Er nimmt meine Frage nicht ernst. Als könnte er mir etwas so Wichtiges nicht sagen. Ich flüstere ihm zu: »Machst du Witze? Du lügst an Jom Kippur in einer Synagoge, ist dir das klar?«

Er antwortet nicht. Er wirkt nicht verärgert. Eher verlegen, fast traurig. Er hat Tränen in den Augen. Ich hätte ihn so was nicht fragen dürfen. Er sieht mich nicht an, als er sagt: »Ich würde es gern, Sacha. Irgendwann werde ich es schaffen.«

Der Schofar ertönt. Ich finde das Geräusch grässlich. Alle nehmen sich in den Arm. Das ist irgendwie eklig.

Zum Abendessen gehen wir wie jedes Jahr zu meinem Vater. Die Leute (Onkel, Cousins, Tanten usw.) stürzen sich aufs Essen. Ich komme mir verloren vor, fehl am Platz. Ich kenne meine Familie väterlicherseits nicht wirklich. Eigentlich kenne ich auch meinen Vater nicht wirklich. Deshalb ist es ja so kompliziert. Ich erinnere mich noch an Kippur vor einem Jahr. Auf dem niedrigen Tisch lag ein Fotoalbum. Ich schlug es auf. Die Fotos waren chronologisch geordnet. Es gab kein einziges Bild von mir. Ich ging nach Hause und blätterte in unseren Alben. Seitenweise Fotos von mir und meinem Vater. Mir wurde klar, wie sehr Bilder lügen. Er war nicht da. Ich machte mich daran, alle Fotos rauszureißen. Manchmal habe ich ein schlechtes Gewissen. Ich bin gemein zu ihm. Ich sperre mich systematisch gegen ihn. Er hat auch ein schlechtes Gewissen. Ich schotte mich ab. Ich muss.

»Kannst du mir das Schaschuka reichen? ... Sacha?« Meine Cousine redet mit mir. Ich habe große Lust auf eine Zigarette. Ich entschuldige mich und stehe vom Tisch auf, um in die Küche zu gehen. Augustin raucht viel. Das hat was. Mir gefällt es immer besser. Plötzlich kommt mein Vater rein. Er beginnt mit den Worten: »Ich wollte nur nachsehen, ob alles...« Da bemerkt er die Zigarette. Ich sitze in der Scheiße.

Mit todernster Stimme, aber ohne zu brüllen, sagt er: »Was ist das, Sacha?«

Meine Schnoddrigkeit überrascht mich selbst: »Was wohl?«

Er kommt auf mich zu, schnappt sich die Zigarette, wirft sie ins Spülbecken und ohrfeigt mich. Ich jaule: »Spinnst du?«

Jetzt brüllt er: »Ich spinne? So sprichst du nicht mit mir!«

Er packt meinen Arm und umklammert ihn.

»Hör mir gut zu, Sacha, hör mir richtig zu. In der Schule bist du eine Null, deine Mutter sagt, du gehst jedes Wochenende bis Morgengrauen aus, und jetzt rauchst du auch noch! Du bist auf der schiefen Bahn! Glaub mir, so geht das nicht weiter! Deine Mutter lässt dir alles durchgehen, und das ist der Erfolg! Ein vierzehnjähriger Schwachkopf, der raucht und bei Monoprix Schnaps klaut! Sieh dich nur an!«

Ich presse hervor: »Du tust so, als wäre ich ein Junkie! Übertreib doch nicht so!«

Er antwortet: »Meiner Meinung nach bist du nicht mehr weit davon entfernt ...«

Er bricht plötzlich ab, lässt meinen Arm los und fordert mich auf, mich wieder an den Tisch zu setzen. Alle haben mitgehört. Ich verlasse türknallend und ohne mich zu verabschieden die Wohnung. Keiner hält mich zurück.

Ich gehe zu Fuß nach Hause. Auf dem Pont Alexandre III habe ich keine Augen für die Seine, sondern nur für die Lichter von Paris. Ich berausche mich an ihnen. Als ich klein war, bat ich meine Mutter manchmal, mit mir »die Lichter« anschauen zu gehen. Wir stiegen ins Auto und fuhren durch die Stadt. Auch Augustin liebt es, sich in der Nacht und den Neonlichtern zu verlieren. Er liebt den Moment, wenn die Wahrzeichen erlöschen. Wie ich hat er dann das Gefühl, die Nacht besiegt zu haben. Ich rufe ihn an. Er geht nicht ran. Vielleicht sollte ich mir Sorgen machen. Ich sollte mir sagen, dass ich nichts für die Schule tue und meiner Mutter nichts mehr erzähle. Nein. Die Lichter. Immerzu. Die können mich immer noch blenden. Ab und zu werfe ich einen Blick aufs dunkle Wasser, allerdings zu schnell, um was zu erkennen. Dort unten könnte jemand ertrinken, genau jetzt, ich würde es nicht sehen. Geblendet. Ich schaffe es, mich gut zu fühlen. Unsere Leben sind verworren, und das Spiel besteht darin, sie so zu lassen. Heute Abend geht ein leichter Wind, und weil mir kalt ist, kehre ich zu den Straßenlaternen auf dem Boulevard Saint-Germain zurück. Ich werde mich weiter im Licht verstecken.

Sprechstunde bei Madame Loudeu, Klassenlehrerin, schlimmer: Mathematiklehrerin.
»Wenn Ihr Name aufgerufen wird, kommen Sie ins Klassenzimmer, damit ich mich ein bisschen mit Ihnen unterhalten kann – unter vier Augen.«
Ich warte im Gang und sehe mich um. Ich hätte nicht gedacht, dass ich eines Tages auf der Liste der einbestellten Schüler stehen würde. Irgendwie schäme ich mich. Ich war nie der Klassenbeste. Ich habe immer nur das Allernötigste getan. Bisher lief das nicht schlecht. Offenbar bin ich unter die Mindestgrenze gerutscht. Unter null. Ich werde aufgerufen und gehe rein.

Das Klassenzimmer ist leer. Madame Loudeu sitzt hinter einem Schreibtisch. Ein Eisberg mit kurzen Haaren, schmutzigen Fingernägeln und viereckigen Brillengläsern Modell »Pornofilmsekretärin«. Mit einer angewiderten Miene, die ich mir nicht erklären kann, beginnt sie: »Nun, dann wollen wir uns mal die Noten ansehen.«

Sie nimmt einen Bic-Kugelschreiber und deutet damit auf ein Heft. Sie riecht stark nach Mandarine. »Ich habe die Zensuren markiert, die unter dem Durchschnitt liegen.«

Ich sehe hin. Alle meine Noten, mit Ausnahme von Geschichte, leuchten in einem fluoreszierenden Gelb.

»Sacha, ich werde nicht um den heißen Brei herumreden: Ihre Lehrer sind durch die Bank der Ansicht, dass Ihre Leistungen ungenügend sind. Außerdem haben Sie in keinem Fach die Durchschnittsnote erzielt.« Sie macht mit ihren Händen kleine, sparsame Bewegungen. Sie sieht mir nicht in die Augen.

Ich antworte: »Doch, Madame, in Geschichte.«

Ich kann sie nicht überzeugen. Sie sieht mich an, sie macht einen auf gebieterisch, wirkt aber nur lächerlich. »Ich habe mir die Mühe gemacht, mir Ihre früheren Zeugnisse anzusehen, und Ihre Noten waren gar nicht so schlecht. Wie kommt das?«

Ich fabuliere drauflos: »Ich weiß auch nicht, warum, aber dieses Jahr kommt mir der Stoff irgendwie schwieriger vor als früher.«

Zum ersten Mal lächelt sie mich an. Ihr Lächeln ist schrecklich, fies. Sie fährt fort: »Ich glaube, dass Sie ganz einfach nichts für die Schule tun.«

Ich halte vergeblich dagegen. Wieder kann ich sie nicht überzeugen. Sie schneidet mir das Wort ab: »Gut, ich würde Ihre Eltern gerne vor den Ferien zur Sprechstunde sehen.«

Die Frau nervt. Ich starte einen letzten Versuch: »Hören Sie, ich werde versuchen, meine Noten zu verbessern, ehrlich. Ich werde mich anstrengen.«

Sie wirkt nicht sehr überzeugt. »Einverstanden. Machen Sie mir morgen einen Terminvorschlag. Danke.«

Leicht ernüchtert verlasse ich die kurze Unterredung. Augustin wartet am Schulausgang auf mich. Er will wissen, ob es gut gelaufen ist. »Geht so«, antworte ich.

Er fragt mich, wo ich zum Mittagessen hingehen möchte, und ich entscheide mich fürs *Lotus*. Dort erzählt er mir von einem Mädchen, das er letzte Woche geküsst hat. Ich überlege, wie ich meiner Mutter beibringen soll, dass Madame Loudeu sie sehen will. Wir zahlen, das heißt, ich zahle für ihn mit, glaube ich. Er sieht mich an und fragt, ob ich sicher bin, dass es mir gut geht.

»Ja, das hab ich dir doch gesagt. Ich bin müde, das ist alles.«

Er begleitet mich nach Hause. Vor der Eingangstür sagt er: »Wenn du reden willst, wenn irgendwas nicht stimmt, kannst du mich anrufen. Wir können quatschen und so. Oder ich bringe dich auf andere Gedanken.«

Ich gehe nach oben zu meiner Mutter. Sie sitzt hinter ihrem Schreibtisch. Sieht aus, als würde sie arbeiten.

»Maman...«

Keine Antwort. Ich setze mich mit Unschuldsmiene aufs Bett. Sie tippt auf ihrer Computertastatur. Ich möchte sie eigentlich nicht stören, aber es muss sein. Ich gebe mir einen Ruck: »Weißt du, meine Mathelehrerin hat heute mit mir gesprochen, und sie möchte dich möglichst bald sehen ...«

Sie hört auf zu tippen. Sie dreht sich zu mir um und legt die Stirn in Falten. Sie fragt mich, warum.

»Tja, ich weiß nicht, vielleicht um mit dir über meine Noten zu reden ...«, antworte ich und mache ein betrübtes Gesicht.

»Ist es schlimm? Das klingt ja ganz danach.«

»Ich weiß nicht.«

Ich weiß es wirklich nicht. Ist es schlimm?

Sie nimmt ihren Terminkalender zur Hand. »Gut, ich werde versuchen, am Freitag zu ihr zu gehen. Meinst du, das passt?«

»Ich weiß nicht.«

»Du weißt heute nicht gerade viel.«

»Stimmt.«

Ich gehe in mein Zimmer und schaue *O. C., California*. Bis ich wieder eingenebelt bin.

Ich war neun Jahre alt. Meine Mutter hatte drei Jahre ihres Lebens einer Fotoausstellung gewidmet. Sie bekam sehr schlechte Kritiken. Ich begriff nicht wirklich, was das hieß, aber ich spürte, wie angegriffen und erschöpft sie war. Eines Abends ging ich in ihr Zimmer. Ich legte mich auf ihr Bett. Sie telefonierte, auf Englisch. Ich verstand nicht, was sie sagte. Ihre Stimme zitterte stark, so wie an dem Abend, als sie sich mit ihrem englischen Freund gestritten hatte. Sie hatten sich im Wohnzimmer angeschrien. Ich hatte an der Tür gelauscht. Es war spät. Ich konnte die Spannung zwischen den beiden sogar durch die Tür spüren. Ich begriff, dass dieser Streit ernst war. Meine Mutter musste mich gehört haben. Sie riss die Tür auf. Sie weinte, er auch. Ich war der

Grund für ihren Streit. Ich kam mit ihm nicht klar. Einen Moment lang las ich in den Augen meiner Mutter, dass sie mir das übel nahm. Mit ruhiger, tonloser Stimme sagte sie: »Man lauscht nicht an der Tür. Geh auf dein Zimmer.« Wenige Minuten später hörte ich die Wohnungstür ins Schloss fallen. Ich ging zu meiner Mutter zurück, um mich zu entschuldigen. Ihre Tür war abgeschlossen, und sie rief: »Heute Abend nicht, Sacha!« Ich hörte sie die ganze Nacht weinen, fühlte mich schuldig und ohnmächtig. Und nun hörte sich ihre Stimme wieder so an, so voller Bitterkeit. Nachdem sie aufgelegt hatte, fing sie wie ein kleines Mädchen zu weinen an. Kraftlose Schluchzer. Sie heulte: »Das ist ungerecht, Sacha, ich habe mein ganzes Herzblut in dieses Projekt gesteckt. Mein ganzes Leben. Ich möchte sterben.« Sie nahm mich in den Arm, als wäre ich in der Lage, sie zu beschützen. Ich wusste, dass ich nicht weinen durfte. Ich musste sie beschützen. Ich schlief bei ihr. Am nächsten Morgen ging meine Mutter ins Krankenhaus.

Ich habe Watte in meine Chucks gestopft. Es ist nicht einfach, mit vierzehn in die Disco zu kommen. Augustin hat behauptet, er wäre schon drin gewesen, in den Ferien. Ich glaube es ihm nicht so ganz. Wir nehmen ein Taxi. Es dauert eine Weile, bis wir Sam gefunden haben, Augustins Freund, der uns ins *Scream* schleusen soll. Er snifft auf dem Sitz seines Motorrollers gerade ein paar Linien. Er gibt uns was ab. Ich weiß aus Filmen, wie man sich dabei anstellt. Trotzdem zittere ich, als ich mich mit dem Geldschein dem Taschenspiegel nähere. Das Zeug ist bitter. Augustin wirkt, als hätte er das schon hundertmal gemacht, obwohl ich auch da meine Zweifel habe.

Wir gehen am Türsteher vorbei. Als wir drinnen sind, entspannen sich bei mir sämtliche Muskeln. Wir setzen uns an einen Tisch. Ich kenne niemanden. Ich bin gut drauf, weil Augustin und ich vorher *Manzana* getrunken haben. Außerdem wirkt bestimmt das Koks. Ein Mädchen sieht mich an. Die Kleine ist hübsch. Brünett, schlank, braune Augen, kleine Nase. Ich frage einen Typen, wer sie ist, aber er kennt sie nicht. Ich lasse sie nicht aus den Augen. Sie ist mit einer Freundin hier, Typ Blondchen mit zu langen Jeans und zu kurzem T-Shirt. Irgendwie hässlich. Augustin steht auf und geht auf die Tanzfläche. Ich habe keine Lust auf Bewegung. Die Brünette steuert auf mich zu, fragt mich nach meinem Alter und ob ich tanzen will. In dieser Reihenfolge. Natürlich schwindle ich. »Sechzehn«, sage ich zu ihr. Ich frage sie nach ihrem Namen, sie antwortet nicht. Sie macht mit dem Kopf eine Bewegung in Richtung Tanzfläche. Ich folge ihr, weil sie wirklich hübsch ist, weil die Leute am Tisch sich langsam fragen, wer ich bin, weil Augustin nicht da ist und weil gerade *Billie Jean* läuft. Auf der Tanzfläche sind nur Körperteile, schaurige Fratzen, Schatten von Stöckelschuhen und Miniröcken zu erkennen. Ich tanze mit dem Mädchen, das eine gerade Seven Jeans, ein schwarzes T-Shirt und schwarze Lederstiefeletten trägt. Mangels Information werde ich sie fürs Erste »Mademoiselle« nennen. Mademoiselle tanzt gut, wie alle. Mademoiselle hat »Coco Mademoiselle« von Chanel aufgelegt, wie alle. Mademoiselle ist hochnäsig, wie alle. Mademoiselle dürfte sechzehn sein, wie alle. Mademoiselle fragt sich, was sie hier verloren hat, wie alle. Um die zwanzig Euro Eintritt vor sich selbst zu rechtfertigen oder das Beste draus zu machen, beschließt sie, mich zu küssen. Ich lasse sie machen. Sie ist hübsch. Alles verändert sich, wenn man in der Disco jemanden küsst, weil man die Augen schließt und ab dem Moment alles elektrisch aufgeladen ist. Man wird zum Tier. Ich, Sacha, männlich, vierzehn Jahre alt, tausche meinen Speichel mit Mademoiselle, weiblich, geschätzte fünfzehn. Ich drücke sie an mich. Sie legt den Kopf an meine Schulter, spuckt ihren Kaugummi aus und küsst mich wieder. Mechanisch. Die Songs folgen im Rhythmus unserer Zungenschläge aufeinander. Wir beschließen, was trinken zu gehen. Am Tisch ist niemand mehr bis auf ein eingeschlafenes Mädchen mit Erbrochenem auf der Handtasche. Ich übersehe die Kleine absichtlich, weil sie womöglich im Alkoholkoma liegt und ich keinen Bock habe, mich um sie zu kümmern. Mademoiselle fordert mich auf, mich auf die Sitzbank zu legen. Als sie rittlings auf mir hockt, realisiere ich, dass ich erst zwölf Worte mit ihr gewechselt habe: »*wie/alt/bist/du/willst/du/tanzen/sechzehn/setzen/wir/uns/o.k*«. Willkommen im 21.Jahrhundert, dem Zeitalter von Anmache und Wodka mit Fruchtsaft.

Mademoiselle knöpft meine Hose auf, immer noch sehr mechanisch. Sie hat das bestimmt schon x-Mal gemacht. Ich stoppe sie. Ich weiß nicht genau, warum, aber ich sage mir, dass da irgendwas nicht stimmt, weil sie bestimmt betrunken oder bekifft ist, und dass ich ihren Namen nicht kenne und dass das vermutlich unanständig ist. Das Sprechen fällt mir schwer, mein Mund ist teigig: »Wie heißt du?«

»Was?« Sie ist eindeutig besoffen.

»Dein Name?«

»Geht dich nichts an.«

»Wie heißt du?«

»Cécile.«

Mademoiselle hat einen Namen, ein Leben, eine Familie, eine Schule. Sie hat ihre Probleme, ihre Geheimnisse. Ich habe Lust, sie kennenzulernen. Es ist bescheuert, aber ich habe fast Lust, sie zu retten. Ich drücke sie auf die Sitzbank. Ich frage sie unvermittelt, und es kommt aus mir raus wie ein Schrei: »Warum tust du das?«

»Warum tue ich *was*?« Sie ist nicht überrascht und

zu betrunken, um sich aufzuregen. Sie antwortet nicht, weil sie nicht weiß, was sie sagen soll. Ich habe keine Ahnung, welche Farbe ihre Augen haben, also schaue ich sie an. Sie sind blau, zu blau. Cécile ist zu. Ich erkenne es daran, wie ihre Pupillen ins Leere starren, wenn ich sie ansehe. Sie sagt mit monotoner Stimme, dass ihr Bruder hier als DJ arbeitet.

»Okay«, antworte ich, und sie fängt an, mir einen runterzuholen. Niemand sieht uns, aber ich schaffe es nicht, zu kommen. Sie schwächelt. Sie hört auf. Ihre hässliche Freundin ruft nach ihr: »Verdammt, Lola, beweg deinen Arsch hierher!«

Cécile heißt also Lola. *Sie gibt ihren Körper noch vor ihrem Namen preis.* Sie steht auf und folgt ihrer Freundin auf die Tanzfläche, mitten rein in die unförmige Masse, die die verlorenen Kinder verschlingt. Dorthin, wo die Musik so laut ist, dass sie einen verrückt macht.

Ich gehe zu Augustin, der auch gerade eine kleine Brünette küsst. Ich sage zu ihm, dass wir gehen sollten. Er stiert mich sternhagelvoll an, reagiert aber nicht. Ich lächle dem Mädchen zu und ziehe an Augustins Arm. Sie hält ihn fest, kramt in seinen Taschen, zieht sein Telefon raus und tippt ihre Nummer ein. Ich schnappe mir das Handy und werfe einen Blick darauf. Sie heißt Martine. Da ich die beiden beim Knutschen unterbrochen habe, beschließe ich, Augustin morgen daran zu erinnern, dass sie ihm ihre Nummer gegeben hat. Auf den Champs-Élysées muss ich ihn stützen, damit er nicht hinfällt. Wir steigen in ein Taxi. Der Fahrer ist Schwarzer, er redet auf mich ein, aber er hat einen so starken Akzent, dass ich ihn nicht richtig verstehe. Er grummelt was über unser Alter, sagt, er will nicht, dass wir ihm den Wagen einsauen. Augustin schließt die

Augen, und ich, ich schaue die ganze Zeit aus dem Fenster und betrachte den schwarz-weißen Himmel. Der Taxifahrer hört auf zu reden, und jetzt ist nur noch das Brummen des Motors zu hören. Ich denke: »Die Stadt da draußen ist leer, der Himmel ist schwarz-weiß«, und ich weiß nicht, warum, aber ich fühle mich mit einem Mal sehr gut.

Ich sehe mir »Star Academy« an. Mir ist langweilig. Eigentlich müsste ich Hausaufgaben machen. Ich rauche. Ich muss einen Aufsatz schreiben. Das kann doch nicht so schwer sein. Ich sehe mir eine Serie auf M6 an. Meine Mutter ruft mich zum Abendessen. Ich glaube, sie will mit mir über die bevorstehenden Herbstferien reden. Während sie mir Brokkoli gibt, erklärt sie, dass sie »Lernferien« für mich geplant hat, damit ich in der Schule einen Neuanfang machen kann. Sie sagt, dass wir in unser Ferienhaus fahren sollten.

»Es wird uns beiden guttun, ein bisschen ins Grüne zu fahren.«

Diese Aussicht löst in mir Selbstmordgedanken aus. Eine Woche büffeln auf dem Land, nur ich und meine Mutter! Der Horror! Eine Woche in Cresse im Département Calvados. Meine Mutter fragt, ob ich etwas Soße auf meinen Hähnchenschenkel möchte. Als sie die Sauciere abstellt, fügt sie hinzu:

»Vielleicht fällt es dir leichter, wenn du mit jemandem zusammen lernst. Ich habe im Internet nachgesehen, es gibt ein paar Nachhilfelehrer, die bereit wären, dorthin zu kommen.«

Hilfe! Ich bin sicher, sie hat schon einen von denen

angerufen. Immer drei Schritte voraus, meine Mutter.

Sie spricht weiter: »Ich weiß, es hört sich nicht sehr lustig an, aber ich halte es für nötig. Und außerdem: Was ist schon eine Woche in einem ganzen Jahr? Nichts. Ich schwöre dir, du wirst dich besser fühlen, wenn dich die Schule nicht mehr so nervt.«

Mir ist klar, dass ich die Situation nicht mehr ganz zu meinem Vorteil umkrempeln kann. Um die »Lernferien« werde ich nicht rumkommen. Also muss ich retten, was zu retten ist. »Verstehe. Du hast recht ... Aber ich weiß, dass ich lerntechnisch nicht mein Bestes geben kann, wenn ich nicht auch Zeit für mich habe. Verstehst du?«

Meine Mutter denkt bestimmt, dass ich sie für bescheuert halte. Ich rede weiter: »Das mit dem Haus auf dem Land und der Nachhilfe ist okay, aber ich würde gern jemanden einladen...«

Sie sieht nicht so aus, als wäre sie einverstanden. Ich lasse nicht locker.

»Es muss ja nicht die ganze Woche lang sein ... Für die letzten drei Tage, zum Beispiel.«

Sie sagt nichts. Sie fasst sich ans Ohrläppchen. Seltsame Marotte. Sie seufzt. Dann sagt sie: »Ich tue das nicht für mich. Mir macht es auch keinen Spaß. Versprichst du mir, zu lernen?«

Ich verspreche es hoch und heilig. Sie macht mir so gern eine Freude. Ich sollte das nicht ausnützen. Ich tue es schon so lange. Sie sieht aus, als würde sie mir glauben.

»Ich bin einverstanden, dass du jemanden für die letzten drei Tage einlädst, wenn du dir vornimmst, wirklich zu lernen.«

Ich beteuere ihr, dass ich wild entschlossen bin. Ich räume den Tisch ab, dann gehe ich wieder auf mein Zimmer. Ich habe zu tun. Ab jetzt gebe ich mir wirklich Mühe.

22 Uhr 37. Ich sehe mir »Intime Geständnisse« an. Ich überlege, ob Augustin Lust hat, einen Teil der Ferien mit mir zu verbringen. Über Allerheiligen muss er wahrscheinlich in Paris bleiben. Er ist witzig und hat immer Gras dabei. Ich rufe ihn an und lade ihn ein. Er scheint sich zu freuen. Seine Mutter ist offenbar auch einverstanden. Nach zehn Minuten ist die Sache geritzt. Er sagt zu mir, dass er seit zwei Tagen mit Martine geht. Ich wusste nicht, dass sie sich wiedergesehen haben. Er erzählt mir, dass er sie eines Abends aus Langeweile angerufen hat. Anscheinend ist sie echt cool. Sie haben sich in einem Café getroffen, und als er sie nach Hause gebracht hat, hat er sie geküsst. Ich frage, ob er sie mir vorstellen will. Eigentlich habe ich keine große Lust auf sie. Ich glaube, er hat auch keine große Lust, sie mir vorzustellen. Das trifft sich gut. Wir legen auf. Ich setze mich an meinen Schreibtisch und lese mir das Aufsatzthema durch: *Sie leben im Jahr 2099. Inzwischen haben Wissenschaftler eine Maschine erfunden, mit der man durch die Zeit reisen kann (in die Vergangenheit oder Zukunft). Alle Bürger dürfen als Experiment eine Reise machen. Sie sind an der Reihe. Erzählen Sie.* Da muss ich mich wirklich reinknien. Mal überlegen ... Wohin würde ich wollen, wenn ich durch die Zeit reisen könnte? Ich glaube, ich würde gern sehen, wie alles endet. Was von der Welt, dem Licht, der Luft, dem Himmel, den alten Steinen, den Ozeanen übrigbleibt. Was aus all den Dingen wird, die ich für unendlich gehalten habe. Ich würde gern die völlige Finster-

nis erleben, das Chaos. Würde gern die Apokalypse sehen und dabei Popcorn essen. Die absolute Leere erfahren. Das kann ich doch nicht schreiben! Das wäre sinnlos. Ich gehe ins Bett. Den Aufsatz gebe ich einfach zu spät ab, das ist nicht so schlimm. Ich denke ein bisschen an die Ferien und Augustin. Aber ich schaffe es nicht, die düsteren Zukunftsvisionen aus meinem Kopf zu verbannen. An diesem Abend denke ich beim Einschlafen an den Weltuntergang. Ich verkrieche mich unter dem Federbett wie ein Kind, das sich gegen die Ungeheuer aus dem Schrank schützen will. Ich kann nicht einschlafen. *Wenn meine Einsamkeit im Winter meines Zimmers widerhallt.* Ich hole mir eine Zigarette, die ich wie immer heimlich im Bett rauche. *Die Einsamkeit wächst, beginnt zu schmerzen. Sie hallt immer stärker wider. Immer lauter.* Ich muss telefonieren, mit jemandem Kontakt aufnehmen. Egal, mit wem. *Die Einsamkeit nimmt allmählich Gestalt an. Sie hat ein Gesicht, blickt dir direkt in den Bauch.* Es ist zu spät, um jemanden anzurufen. Ich muss in dem Augenblick fliehen, in dem ich Angst vor meiner Angst kriege. *Die Einsamkeit beginnt dich zu verführen.* Der Wind draußen zwingt mich normalerweise, mich in meinem warmen Bett wohlzufühlen; aber ich bin machtlos gegen die Lust, mir halberfroren vorzukommen. *Die Einsamkeit küsst dich, und ihre Zunge stößt weit in deine Eingeweide vor. Wie eine Hand, die dein Herz packt und ganz fest zudrückt.* Ich schalte den Fernseher an, mache Musik und Licht. Ich verscheuche die Schatten, einen nach dem anderen. Aber trotz der virtuellen Gesellschaft finde ich keinen Schlaf. Von wegen »Wundermittel Elektrizität«! Wenn ich schlafen könnte, wüsste ich vielleicht, wie man träumt.

Die Tage sind grün und grau. Die Nächte schwarz und blau. Die Zeit ist lang und mühsam. Nacht für Nacht schrecke ich aus dem Schlaf hoch, überzeugt, dass jemand auf dem Dachboden über meinem Kopf herumläuft. Ich höre den ganzen Tag Musik. Ich habe nichts weiter zu tun. Beim Einschlafen schaue ich lange den Mond an. Man schläft immer irgendwann ein, wenn man etwas fixiert. Mein Nachhilfelehrer heißt Louis. Er ist sehr hässlich, klein und hat Pickel. Er wohnt hier in der Gegend, wo genau, weiß ich nicht. Er ist jeden Tag drei Stunden hier, um mit mir zu büffeln. Er kommt nachmittags mit seinem Auto, das nach chinesischem Essen riecht. Er hat seine alten Hefte aufgehoben und legt Wert darauf, sie zu verwenden. Anfangs hat er auf Pädagoge gemacht: »Ich werde dir erklären, warum Mathematik nützlich ist.« Er hat längst gemerkt, dass ich ihm nicht zuhöre. Manchmal regt ihn das auf. Mir doch egal. Er hält mich bestimmt für einen Schwachkopf, für einen missratenen, verwöhnten Bengel, dem sein Glück gar nicht bewusst ist. Mir auch egal. Um ihn noch mehr zu nerven, verbessere ich sein Französisch. Ich schlage die Zeit tot. Einmal bin ich wohl zu weit gegangen, und er ist richtig ausgerastet. Er hat gesagt: »Wonach suchst du eigentlich?« Dieser Satz hat lange in meinem Kopf nachgeklungen. Wonach ich suche? Nach nichts. Wenn ich suchen würde, würde ich auch was finden wollen. Ich will nur, dass er verschwindet, wie alle, die von mir erwarten, dass ich mich für Dinge interessiere, die mich langweilen. Ich suche nach Ablenkung. Zum Glück kommt Augustin bald. Es wird Zeit zu lachen.

Ich erwarte Augustin auf dem Bahnsteig. Ich sehe, wie der Zug einfährt. Vielleicht ist es der Zug, in dem ich ihn kennengelernt habe. Brav steigen die Leute einer nach dem anderen aus den Wagons. Ich sehe eine Frau im Rollstuhl, die wie ein Koffer rausgetragen werden muss. Da ist Augustin. Er kann mich nicht sehen. Er steckt sich eine Zigarette an. Er hat ein Halstuch an seine Jeans gebunden. Unsere Blicke begegnen sich, und wir lächeln gleichzeitig. Ehrliche Reflexe. Ich freue mich, ihn zu sehen. Meine Mutter sitzt im Auto und schminkt sich im Rückspiegel nach. Ich sehe sie, als wir zum Parkplatz gehen. Die Vorstellung, dass meine Mutter sich für Augustin hübsch macht, stört mich. Ich trete ihm den Beifahrersitz ab. Meine Mutter begrüßt Augustin, während sie den Motor anlässt. Sie stellt ihm abgedroschene Fragen. Er antwortet höflich, cool, witzig und gleichgültig.

Augustin gefällt das Haus, das sieht man. Ich zeige ihm sein Zimmer und lasse ihn allein, damit er auspacken kann. Ich hoffe, er hat Gras mitgebracht. Ich glaube schon. Ich lege eine CD von Cat Stevens ein. Es ist schon dunkel. Augustin kommt in mein Zimmer. Er setzt sich auf mein Bett. Ich frage ihn, was er bis jetzt in den Ferien gemacht hat.

»Nicht viel. Ein paar Kumpel getroffen, ein bisschen

gebüffelt ...« Er zieht eine Zigarette raus. »Ist es okay, wenn ich im Haus rauche?«

Ich antworte, dass das kein Problem ist.

»Und sonst hab ich mich ein paarmal mit Martine getroffen ...« Er macht eine Pause, als erwarte er, dass ich was sage, aber als ich es nicht tue, fährt er fort: »Wir haben miteinander geschlafen und so ... Ich glaube, das könnte was Ernstes werden.«

Er reicht mir seine Zigarette. Meine Mutter ruft uns zum Abendessen.

»Cool, ich sterbe vor Hunger!«, sagt er.

Bei Tisch benimmt er sich gut, er macht einen wohlerzogenen Eindruck. Meine Mutter geht ins Bett, und wir bleiben allein in der Küche.

»Kann ich mir ein Bier nehmen?«, fragt er.

Ich reiche ihm ein Corona und öffne mir auch eine Flasche. Ich habe Angst, dass er sich langweilen könnte, und deshalb versuche ich ein bisschen Stimmung zu machen. Ich glaube, es funktioniert. Er nimmt eine Gurkenzange, hält damit eine Zigarette und raucht sie. Darüber muss er selbst lachen. Er ist an diesem Abend sehr kindisch. Er erzählt mir von einem Film, den er kurz vor der Zugfahrt gesehen hat.

Dann fragt er mich: »Und du, Sacha? Erzähl mal, wie läuft's bei dir mädchentechnisch?«

Ich denke an Gabrielle am Strand, und noch an ein paar Freundinnen. Diese Erfahrungen wirken neben seinen bestimmt lächerlich. Ich müsste also lügen. Aber er ist einer von diesen Typen, die dir mit einem Blick klarmachen, dass sie es merken, wenn du lügst. Ich gebe mir einen Ruck: »Im Moment ist es eher ruhig, um ehrlich zu sein ...«

Ich starre einen Punkt auf dem Tisch an, um seinem

Blick auszuweichen. Als er nichts sagt, bitte ich ihn um eine Zigarette. In der Nachbarschaft läuten Kirchenglocken, und er verkündet: »Ich hab ein bisschen was dabei ... Hast du Lust?«

Wir gehen in mein Zimmer. Die Cat-Stevens-CD läuft immer noch. Augustin sagt: »Schluss mit diesen Wiegenliedern.«

Ich gluckse, und er redet weiter: »Ich hab ein paar CDs mitgebracht. Kann ich eine einlegen?«

Ich lasse ihn eine CD von einem Rapper einlegen, den ich nicht kenne. Er zündet den ersten Joint an. Die Musik ist elektrisierend und knallhart. Er erzählt: »Auf der Fahrt hierhin hab ich im Zug in *Entrevue* eine irre Geschichte gelesen.«

Ich bin schon leicht bekifft.

I can play basketball with the moon

»Es geht um einen Mann, Typ italienischer Familienvater, der videospielsüchtig ist ...«

Seine Worte überlagern stellenweise die Musik, ich kann den Song und seine Geschichte nicht mehr auseinanderhalten.

If I shall ever fall the ground will then turn to wine

Er zündet einen zweiten Joint an. Unbeirrbar fährt er fort: »... und dieser Typ, weißt du, der ist erst dreißig, aber er hat schon ein Kind, einen sechsjährigen Jungen...«

Mein Körper zittert auf der gelben Bettdecke.

»Und eines Tages, weißt du, kommen die Großeltern von dem Kleinen zu Besuch ...«

Die Rauchkringel steigen an die Zimmerdecke und lösen sich auf.

»… und da finden sie raus, dass der Vater ihrem Enkel Kokain gibt, damit er mit ihm die ganze Nacht Videospiele spielen kann.«

Er bricht in ein irres Gelächter aus und sagt: »So ein Psychopath! Seinem sechsjährigen Sohn! Krass, oder? Er hat ihn fast umgebracht! Ist das nicht schrecklich?«

Ich lache auch, weiß aber nicht wirklich, warum.

Violets are blue, roses are red
Daisies are yellow, the flowers are dead.

Wir sind schon halb tot vor Lachen, als er den dritten Joint anzündet. Augustins Augen drehen sich in ihren Höhlen wie zwei verrückt gewordene Kreisel. Er sagt, dass er rauswill. Draußen ist es stockfinster und wahrscheinlich auch eiskalt.

»Du bist verrückt«, sage ich und lasse die Beine an der Bettkante baumeln.

Er dreht sich zu mir um: »Klar. Aber ich wette, du auch.«

Ich glaube, er zwinkert mir zu, aber ich bin mir nicht sicher. Er springt auf und läuft aus dem Zimmer. Ich beschließe, ihm zu folgen.

»Los geht's.«

Mir bleibt keine Zeit, einen Mantel anzuziehen, weil er schon draußen ist und nach mir ruft. Ich trotte hinter ihm her wie ein herrenloses Hündchen. Es ist so kalt, als hätte ich einen Anzug aus Eis an. Jeder Schritt schmerzt. Mein Kopf ist ganz schwer. Wir gehen aus dem Garten und steuern auf die von Bäumen gesäumte Straße zu. Ich lege den Kopf in den Nacken. Ich sehe fantastische Tiere von Ast zu Ast springen, nächtliche Eichhörnchen mit Pfoten so weiß wie der Mondschein. Die Blätter sind auf mich gerichtete Waffen. Meine Haut ist wie von einer dünnen Reifschicht bedeckt. Augustin jault vor Kälte. Er redet schnell. Ich fange an zu rennen, um ihn zu überholen. Ich sehe, wie sich sein Körper schwerfällig übers knirschende Gras schleppt. Als er mich einholt, packt er mich an den Schultern und brüllt:

»Kommando 14. Nachtoperation!!!«

Er wirft sich flach auf den Bauch, schnappt sich einen Ast und ruft: »Feuer!!!« Er »schießt« mit seinem Stock, und ich weiche den imaginären Kugeln geschmeidig aus. Ninja, flink wie ein Tiger. Ich stoße ein Brüllen aus, und Augustin prustet los. Ich stürze mit dem Kopf voran. Ich richte mich auf, und der Wald um mich herum dreht sich. *In the jungle*, die Bäume sind Verstecke. Jeder Grashalm ist ein Dolch, ich sehe Augen in allen Büschen. Der Feind ist überall. Ich habe Blasrohre, Armbrüste, Bögen und Augen so schnell wie Wurfpfeile. Augustin rennt rum. Mein Feind ist ein gefährliches Wesen. Er schießt noch immer unsichtbare Kugeln in die Nacht und stört die Stille. Auf dem Land wird heute Abend die Symphonie der Gefahr, des Faustschlags, der Geraden und der Wut gegeben. Rebellen ohne Grund? Und Gründe haben wir mehr als genug. Überzeugte Krieger, die mit den Gespenstern boxen, bis die Fäuste schmerzen. Er steuert total bekifft auf mich zu. Kamikaze, er selbst ist der Grund. Ab und zu verschwindet er, von der Nacht verschluckt. Wenn die Zeiger verrücktspielen, verlieren wir die Kontrolle. Entfesselte Boxer in einem imaginären Ring. Fantasien von Aufwärtshaken, Kopfstößen, willkürlicher Gewalt. Augustin schubst mich. Ich falle um. Er brüllt: »Na los! Schlag zurück! Beweg dich!«

Wut steigt in mir hoch. Das ist unvermeidlich. *Ein lila-blauer Drache.* Ich rappele mich auf und ramme ihn. Er schlägt heftig auf den Boden. Ich werfe mich auf ihn. Er lacht wie verrückt. Ich verpasse ihm erst einen Schlag, dann noch einen. Ich weiß nicht, ob ich fest zuschlage. Er lacht nicht mehr. Ich will ihn beißen, aber er wirft mich ab. Ich zittere. Widerliche Vorstellungen tauchen vor meinen Augen auf. Versiffte Bilder. Eine schmutzige Spritze, die mühelos in einen verstümmelten Arm eindringt. Ein vergammelter Tampon, der an einer Tankstelle in der Kloschüssel schwimmt. Ein Kind, das mit dem Fuß in ein Fangeisen tritt. Das Geräusch, das meine Knochen machen würden, wenn sie alle gleichzeitig brechen. Das heulende Skelett. Und doch ist vor meinen Augen nichts als der Himmel. Augustin liegt neben mir. Nur unser Atem ist zu hören. Die Stille der Nacht hat den Sieg davongetragen. Meine Hände zittern noch leicht. Ich fange wieder an zu frieren. Augustin starrt den Himmel an, aber es ist, als würde er einen Film ansehen. Ab und zu lacht er. Ich helfe ihm hoch. Er sagt nichts. Ab und zu lacht er, anfallartig. Wir gehen rein und in mein Zimmer. Er streckt sich auf meinem Bett aus. Ich gehe ins Bad, um mir Wasser ins Gesicht zu spritzen, und als ich zurückkomme, ist er eingeschlafen. Ich lege mich neben ihn. Mein Bett ist ein Schiff im Sturm und wird von den Schaumkronen davongetragen. Kreiselnd sinkt es in die Tiefe. Geheimnisvolle Tiere streifen mich wie nasse Libellen mit ihren Flossen. In dem Unwetter weiß ich nicht mehr, ob ich atme. Ich gehe unter, tauche wieder auf, betrunken vom Salz, blau wie das Eis. An der Oberfläche kreischen die Möwen, und in ihr Geschrei mischt sich eine Stimme. Ich kann sie nicht verstehen, bin von den Strömungen betäubt. Mein Geist treibt wie ein verirrter Schwimmreifen auf der Weite des grünlichen Ozeans. Ich höre die Wellen, die sich am Kiesstrand brechen, und dann den Wind wie eine allerletzte Antwort.

Wenn es über Deauville regnet, wird alles grau. Der Sand, der Himmel, die hölzerne Strandpromenade, das Meer, der Horizont. Häuser knarren, Gummistiefel quietschen, Wassertropfen prasseln auf dunkle Anoraks. Nichts ist leicht, selbst die Kühe sehen ernst aus. Als wir mit dem Auto zum Hôtel Royal fahren, legt meine Mutter eine CD von Billy Holiday ein. Sie will uns in einem Café absetzen und ins Spielkasino gehen. Bevor sie weiterfährt, verspricht sie, uns in ein gutes Restaurant einzuladen, falls sie gewinnt. Wir bestellen zwei heiße Schokoladen. Die Straßen sind menschenleer. Augustin schlägt vor, einen Spaziergang zu machen.

»Bei dem Regen?«

»Na und? Bist du noch nie durch den Regen gerannt?«

Er zahlt, und wir gehen raus. Es ist eisig. Die Kälte berauscht ihn. Ich sage ihm, dass ich friere.

»Dann wärmen wir uns eben auf«, antwortet er.

Er fängt an zu rennen, und mir bleibt nichts anderes übrig, als ihm zu folgen. Mir geht es gut, und langsam wird mir wärmer. Ein paarmal werden wir fast überfahren, aber das spielt keine Rolle mehr. Am Strand wirbelt der Wind den Sand auf.

»Wer zuerst am Meer ist!«, schlägt er vor.

Statt einer Antwort sprinte ich los.

»Du schummelst!«, brüllt er.

Er packt mich an den Beinen, und wir gehen beide zu Boden. Ich kriege mich vor Lachen nicht mehr ein. Ich bin klatschnass, voller Sand, aufgeschürft. Als meine Mutter uns abholt, stehen wir vor dem Café. Sie hat gewonnen, aber als sie sieht, in welchem Zustand wir sind, beschließt sie, uns nach Hause zu fahren. Ich protestiere: »Maman, versprochen ist versprochen!«

Sie lächelt. »Einverstanden!«

Wir verzichten allerdings darauf, die schönen Stühle im Hôtel Normandie schmutzig zu machen, und entscheiden uns für eine ziemlich billige Pizzeria. Bei Pizza und einer Flasche Wein lachen Augustin und ich so laut wie am Strand. Meine Mutter versteht nicht, warum wir lachen. Umso besser. Wieder zu Hause, steuern wir sofort unsere Zimmer an, weil wir immer noch ziemlich nass sind. Augustin folgt mir in meins. Ich glaube, er hat nicht vor, in seinem zu schlafen. Er zieht sich aus und sagt: »Ich gehe duschen, ich bin total versifft.«

Ich ziehe meine klatschnassen Schuhe aus. Ich hebe den Kopf. Er ist völlig nackt. Er geht ins Bad. Ich höre, wie er das Wasser aufdreht. Er ruft mich. Er steht schon unter der Dusche.

»Hast du Shampoo?«

Ich hole ihm eine Flasche. »Danke, Mann.« Er verwickelt mich in ein Gespräch. Er massiert sich den Kopf. Er ist gut gebaut. Er bittet mich um ein Handtuch. Er kommt aus der Dusche. Das Bad ist zu klein für uns beide. Ich mache mich dünn.

»Das tut verdammt gut!«, sagt er und streckt sich. »Gehst du nicht duschen?«

»Doch, doch, klar!«

Er betrachtet sich im Spiegel. Er begutachtet sein Gesicht von allen Seiten. Er wirkt zufrieden, grinst.

»Es kommt auf die Symmetrie an«, sagt er.

Ich glaube, er sagt es nicht zu mir. Ich ziehe mich aus, dann steige ich unter die Dusche. Ich weiß nicht, ob er mich beobachtet. Mir wäre es lieber, wenn nicht. Als ich fertig bin und mich umdrehe, ist er immer noch damit beschäftigt, sein Spiegelbild auf Symmetrie zu prüfen. Es ist bescheuert, aber ich bin ein bisschen beleidigt. Ich gehe zurück ins Zimmer. Er folgt mir. Er holt sich eine Zigarette und schlüpft unter die Decke. Ich frage mich, ob er nackt schläft. Ich ziehe eine Unterhose an und gehe ins Bett. Wir liegen im Dunkeln. Er sagt, dass er einen Pornofilm auf seinem Handy hat. Ob ich ihn sehen will? Ich sage »Ja«. Der Film beginnt. Ich glaube Clara Morgan zu erkennen, bin mir aber nicht sicher, deshalb sage ich nichts. »Stört es dich, wenn ich…?« Noch bevor ich antworten kann, fängt er an zu wichsen. Ich schließe mich ihm an. Er steht auf, um Taschentücher und einen schon gedrehten Joint zu holen. Wir rauchen, und ich schlafe ein, bevor der Joint zu Ende ist.

Die Schule hat wieder angefangen. Folter pur. Ich muss zurück in meine grässliche Klasse. Meine Mitschüler sehen alle aus, als wären sie mit ihrem Los zufrieden. Ich beneide sie. Ich rauche jetzt morgens vor dem Unterricht. Ich finde, das hat was. Zum Glück gibt es Flora. Sie ist auch deprimiert. Sie war in den Ferien in New York. Ich glaube, die anderen mögen sie nicht besonders. Ich habe eine Unterhaltung zwischen zwei Mitschülerinnen belauscht. Eine hat gesagt: »Jetzt mal im Ernst: Für wen hält die sich eigentlich mit ihren Stöckelschuhen und ihrer Schminke?« Und die andere hat geantwortet: »Außerdem geht sie anscheinend mit jedem ins Bett.« Sie verurteilen sie, wie sie mich verurteilen. Ein von vornherein verlorener Prozess. Zu viele falsche Beweise. Ich sitze neben ihr und denke an die Ferien. Augustin. Mit ihm habe ich das Gefühl, erwachsen zu sein.

»Sacha, können Sie mir das sagen?«

Madame Pontier redet mit mir, und ich habe natürlich keine Ahnung, worum es geht. Ich antworte nicht. Sie fährt mit ruhiger Stimme fort: »Vielleicht sollten Sie mal aufwachen, das bekommen Sie seit September ständig gesagt.«

Ich habe Lust, der blöden alten Ziege die Fresse

zu polieren, aber ich tue so, als würde ich mich entschuldigen. Eines Tages werde ich mich rächen. Eines Tages wird sie sich umsehen, alle werden sich umsehen.

Augustin und ich sitzen im Café. Ein sonniger Samstag. Er erzählt mir von seiner Tante, die infolge eines Autounfalls taub geworden war. Er sagt, dass sie ihren Mann jeden Tag gebeten hat, klassische Musik aufzulegen. »Sie hat behauptet, dass nur klassische Musik ihr das Gehör wiedergeben kann.« Eines Tages hat ihr Mann eine andere CD eingelegt. Augustins Tante hat es ihrem Mann am Gesicht angesehen und zu weinen angefangen. Er hat sie gefragt, warum. Sie hatte begriffen: Er glaubte nicht mehr, dass sie je wieder würde hören können. Er glaubte nicht an Wunder, aber sie glaubte an die Hoffnung. Augustin sagt: »Die Hoffnung hält einen nicht nur am Leben, sie kann einen auch umbringen.«

Ein paar Monate später hat sich seine Tante das Leben genommen. Wir gehen zeitig zu mir. Er schläft schnell ein. Sein Atem beunruhigt mich. An diesem Abend habe ich Angst und weiß nicht, warum. Das Gefühl, tot zu sein. Das Bedürfnis, einschlafen zu können. Ich schaue auf meinen Wecker, zähle die Minuten, um mir nicht zu sagen, dass meine gezählt sind. Nach einer Weile verschwindet die Angst immer. Sie verschwindet von allein. Meine Bemühungen, sie zu verjagen, sind nutzlos. Ist wirklich jemand hinter dieser Tür? Ich stehe auf und schiebe den Riegel vor. Ich spiele Angstmachen. Alle tun das. Aus Freude an der Angst. Diese Freude ist eng verknüpft mit der, die man beim Gedanken an den Tod empfindet. Deshalb kann ein Horrorfilm nur ein Film über den Tod sein. Ich schlafe ein.

Im August ist Paris wie ausgestorben. Meine Mutter hatte einen ihrer Assistenten zum Flughafen geschickt, um mich abzuholen. Ich erinnere mich nicht mehr an seinen Namen und auch nicht daran, woher ich kam. Die Hitze ließ die Landebahn beben. Ein kleiner Junge, jünger als ich, hatte Angst, und seine Mutter beruhigte ihn mit den Worten, das Beben sei eine Luftspiegelung, eine optische Täuschung, aber der kleine Junge glaubte es ihr nicht ganz: »Aber, Maman, ich sehe doch, dass die Erde bebt.« Schließlich setzte das Flugzeug auf, und die Erde bebte nicht mehr. Mein Sitznachbar war ein älterer, fast kahlköpfiger Mann in Golfkleidung. Als die Maschine stand, erhob er sich, um seinen Koffer rauszuholen. Dort, wo seine Hände auf den ledernen Armstützen gelegen hatten, bemerkte ich feuchte Flecken. Die Armstützen zeigten einen genauen Abdruck, das Negativ der Hand des älteren Mannes. Langsam begannen sich die Ränder des Abdrucks zu verflüchtigen. Ein paar Sekunden später war er ganz verschwunden. Alles verschwindet am Ende. Ich holte mein Gepäck und schüttelte dem Typen, der mich abholte, die Hand. Auf der Autobahn herrschte nicht viel Verkehr, und der Radiosprecher behauptete, am 15. August um 15 Uhr 15 ereigneten sich die meisten Einbrüche des Jahres. Wir waren ruck, zuck in Paris. Die Stadt war menschenleer und heiß. Der Assistent fuhr schnell und telefonierte dabei.

Plötzlich ein Geräusch. Das Geräusch eines schweren Gegenstands, der mit Wucht zu Boden schlägt. Die Windschutzscheibe ist zerborsten, undurchsichtig. Ich kann nichts mehr sehen. Alles verschwimmt. Der Airbag drückt mich gegen die Rückenlehne. Die Hupe ertönt und lässt sich nicht mehr abstellen. Mir tut nichts weh, aber das Geräusch macht mir Angst. Ich sehe den Assistenten an, dessen Namen ich nicht weiß. Er klettert aus dem Auto und brüllt, dass ich auch aussteigen soll. Draußen ist die Hitze so unerträglich wie das Geräusch. Wie durch Zauberei sind Menschen aufgetaucht. Ich höre Rufe: »Da, der Junge!« – »Mein Gott!« – »Ruft einen Krankenwagen!« Nicht ich bin gemeint. Ich blicke nach vorn. Auf dem Asphalt liegt ein junger Mann, er sieht aus, als würde er schlafen. Sein Motorrad liegt neben ihm. Ich kann mich nicht rühren. Das Geräusch, die Rufe, die Hitze. Ich starre den jungen Mann an. Aus seinem Kopf sickert Blut. Das Blut wird schwarz, als es sich auf dem Teer ausbreitet. Ich muss an die Flecken auf den Armstützen des alten Mannes denken. Ein paar Leute nähern sich dem Körper. Das Blut wird schwarz. Ich renne los. Ich weiß nicht, warum. Ich muss weg von dem Geräusch. Ich laufe die Rue de Rennes entlang. Der Assistent merkt nicht, dass ich weg bin. Ich weine. Ich denke: »Das Blut ist schwarz ... Wenn die Straße geteert ist ... wird das Blut schwarz.« Ich komme an der Tour Montparnasse vorbei. Ich renne immer noch. Ich spüre, wie der Boden wegsackt. Ich spüre, wie ich falle.

Das Blut wird schwarz, wenn es über den Asphalt läuft.

Eine Party irgendwo in der Stille einer Stadt, die schläft oder so tut. Ich bin auf dieser Party in der Avenue Kléber. Eine Wohnung mit Parkett, Kronleuchtern, teuren Sofas. Es läuft ein Song von Nirvana, den ich sehr mag: *Negative Creep*. Ich frage mich, wer wohl diesen Song aufgelegt hat. In allen Ecken wird getanzt, geknutscht, geraucht. Ich will Augustin fragen, bei wem wir eigentlich sind, aber ein Typ schüttelt ihm die Hand, und er geht mit ihm mit. Ich fühle mich nicht wohl in meiner Haut. Ich sehe nach, welche Getränke es auf dem, was vor ein paar Stunden ein Tisch gewesen sein muss, noch gibt. Smirnoff und Orangensaft, Lösungsmittel und Fruchtaroma. Ich halte nach bekannten Gesichtern Ausschau. Fehlanzeige. Nicht schlimm. Ich werde mir was einfallen lassen müssen, wie ich den Abend rumbringe. Ein Mädchen geht an mir vorbei. Sie ist betrunken und fahrig. Sie stößt eine leere Pastisflasche um. Überall Scherben, aber das Mädchen reagiert nicht. Niemand reagiert. Ich suche mit dem Blick nach den Glasscherben, ohne die Absicht zu haben, sie aufzuheben. Meine Augen folgen der glitzernden Spur und bleiben an einem Mädchen hängen, die im BH allein auf dem Sofa sitzt und raucht. Ihre Wimperntusche ist verschmiert. Sie dürfte so alt sein wie ich. Es sieht grotesk aus. *Daddy's little girl ain't a girl no more.* Ich schließe mich ohne Grund in der Toilette ein. Auf den Spiegel hat jemand mit Lippenstift geschrieben: »Das ist das Ende.« Ich setze mich auf die Kloschüssel. Es hämmert an die Tür, und ich mache auf, wahrscheinlich aus Menschlichkeit. Ein Mädchen kommt rein. Die Kleine hat offenbar ihren Gleichgewichtssinn in einer Flasche Rosé ertränkt. Sie fängt an, alles vollzukotzen. Sie beugt sich über die Kloschüssel und schreit, ich soll ihr Haar hochhalten. Ich tue, was sie sagt. Ihr Haar ist schwer, fettig, verfärbt. Ihr Make-up sieht peinlich aus, Lippen nur halb angemalt, Augen zu schwarz, und dieser schweißverklebte Puder. Sie ist hysterisch, leidet, heult. Ich will hier weg. Ein paar Leute sehen lachend zu, wie sie sich auf zu hohen Espadrillos und in zu engen Jeans die Knöchel verrenkt. Ich mache die Tür zu. Sie kotzt sich vor meinen Augen die Seele aus dem Leib, es ist die Hölle. Ich höre *Song 2* von Blur. Ich lasse ihr Haar los. Sie hält mich mit feuchten Händen fest.

»Warte, bitte. Bleib hier.«

Ich antworte: »Nein, ich muss gehen.«

»Bitte, heute ist mein Geburtstag. Das ist meine Geburtstagsparty.«

Sie hat Geburtstag. Ich bleibe. Ein ekelhafter Geruch erfüllt die Toilette. Jetzt muss auch ich kotzen. Ich kann nicht mehr und laufe weg. Ich verlasse die Wohnung und gehe die Avenue Kléber entlang, während die Musik immer leiser wird. Vor dem Eiffelturm bleibe ich stehen, er wirkt so beständig, so beruhigend. Ich denke an die Kleine, die etwas später aus der Toilette kommen wird. Dann wird in der Wohnung niemand mehr sein, keine Menschenseele mehr, nur volle Aschenbecher. Happy Birthday!

Meine Mutter steckt mir Karten für eine Vorpremiere zu. Der Film hört sich nach nichts an. Eine »pikante Ehebruchkomödie«. Augustin ist bei mir, und er ist begeistert. Wir rauchen ein bisschen Gras und machen uns auf den Weg. Er sagt, dass er nie ins Kino geht, ohne bekifft zu sein. Ich glaube ihm. Wir erreichen die schon weihnachtlich dekorierten Champs-Élysées.

Während des Films schlafe ich ein. Augustin auch. Als wir aufwachen, ist der Kinosaal leer. In der Bar nebenan steigt eine Party, und weil wir Hunger und Durst haben, gehen wir hin. Wir setzen uns mit ein wenig Rohkost und Champagner in eine Ecke. Wir sind viel jünger als die Leute um uns herum. Ich hoffe, es fällt nicht so auf. Eine Frau setzt sich zu uns. Ich schätze sie auf fünfunddreißig, aber sie sieht jünger aus. Sie trinkt einen Martini mit Oliven und starrt vor sich hin. Sie scheint allein hier zu sein. Augustin und ich unterhalten uns weiter. Sie unterbricht uns und bittet uns um eine Zigarette. Sie lächelt uns zu. Ich reiche ihr eine Zigarette, und sie zündet sie an, ohne mich aus den Augen zu lassen. »Danke«, sagt sie mit irgendwie sinnlicher Stimme. Augustin sieht sie die ganze Zeit an, und sie stellt sich vor: »Ich heiße Anita.« Auch wir stellen uns vor. Anita arbeitet nicht. Sie ist seit zwei Jahren geschieden. Sie liebt Malerei und Design. Sie ist ziemlich gutaussehend, elegant. Augustin macht sie an. Ich finde das albern. Ich fürchte, sie könnte sich verschaukelt vorkommen, aber sie scheint sein Spielchen mitzuspielen. Sie schüttelt ihr Haar, knabbert an den Fingernägeln, kichert. Wie ein Teenager. Nur selbstbewusster und forscher. Wir trinken jede Menge Champagner. Schließlich fragt sie uns: »Sagt mal, Jungs, wie alt seid ihr eigentlich?«

Augustin antwortet unumwunden: »Ich bin gerade sechzehn geworden, und er wird es bald.«

Ich bin froh, dass er gelogen hat. Sie wirkt beruhigt, obwohl ich mir sicher bin, dass sie uns nicht glaubt. Anita sieht aus, als hätte sie ein verrücktes Leben hinter sich. Sie hat überall und nirgends gewohnt, hat Gott und die Welt kennengelernt. Trotzdem ist sie heute Abend ohne Begleitung hier. Sie sagt, dass sie uns gutaussehend findet, dass wir sie an ihre ersten Lieben erinnern. Je mehr sie redet, desto unglücklicher wirkt sie. Sie erzählt uns, dass sie keine Kinder hat, aber auch so sehr zufrieden ist. Sie lacht ein bisschen zu laut, es klingt gekünstelt. Sie schnappt sich eine Papierserviette und kaut darauf rum. Bei ihr weiß man nicht, ob sie gleich loslacht oder -weint. Sie stellt uns indiskrete Fragen, Augustin beantwortet sie, und das amüsiert sie. Es ist schon halb zwei Uhr morgens. Die Leute verlassen die Party. Sie sagt: »Soll ich euch mit dem Taxi nach Hause bringen, Jungs?«

Wir nehmen das Angebot an. Erst beim Aufstehen merke ich, dass ich sternhagelvoll bin. Ich bewege mich im Krebsgang, seitlich, mit angelegten Scheren. Im Auto schlägt Anita vor, noch ein letztes Glas bei ihr zu trinken. Augustin nimmt das Angebot für uns beide an. Ich glaube, sie hat ihre Hand auf meinen Schenkel gelegt. Ich weiß nicht, ob das eine gute Idee ist.

Ihre Wohnung ist ein Traum, mit Blick auf die Seine und gegenüber vom Louvre. Auf dem Boden liegen Kokosmatten, die Möbel sind aus hellem Holz. Sie ist so gut wie leer.

»Ich hole uns was zu trinken, Jungs. Fühlt euch wie zu Hause!«

Ich drehe mich zu Augustin um: »Ich flippe aus, wenn sie uns weiter ›Jungs‹ nennt!«

Er muss lachen: »Ich weiß, was du meinst, aber sie ist cool. Und hast du die Bude gesehen! Wenn die nicht der Hammer ist!«

Anita zündet Kerzen an und schenkt uns Rotwein ein. Sie fragt, ob wir *Der letzte Tango in Paris* gesehen haben. Wir verneinen. Sie beginnt mitten im Wohnzimmer zu tanzen. Ohne Musik. Ich glaube, die Frau ist komplett durchgeknallt. Ich schlage ihr vor, Musik aufzulegen. Sie ist einverstanden und geht aus dem Raum. Als sie zurückkommt, läuft immer noch keine Musik, und ich frage mich, wozu sie rausgegangen ist.

Augustin sagt: »Anita, die Musik, Sie haben vergessen ...«

Sie fällt ihm ins Wort: »Wenn du mich noch mal siezt, Süßer, fängst du eine!«

Sie lacht. Sie steht auf und legt Musik auf, die ich nicht kenne. Sie klingt ein bisschen altmodisch. In den 80ern war das Album bestimmt ein cooler Geheimtipp. Jedenfalls hört es sich so an. Nicht unangenehm. Sie fordert mich zum Tanzen auf. Ich sage Nein. Augustin macht mit. Anita übertreibt es ein wenig. Sie tanzt wie ein großes Pferd. Sie streift ihre Stöckelschuhe ab. Sie sieht wirklich nicht übel aus. Sie fordert mich zum Mittanzen auf. Ich komme mir ein bisschen bescheuert vor, nur dazusitzen und ihnen zuzusehen, außerdem bin ich inzwischen sogar betrunken genug, um mitzumachen. Wir tanzen zu dritt, aber sie führt. Wir tanzen für sie. Ich habe keine Lust, ihr in die Augen zu sehen, deshalb schaue ich aus dem Fenster. Ich sehe die Seine, still um diese Uhrzeit, wenn niemand sie anschaut. Ich fühle mich gut, benebelt, aber sehr gut.

Es ist kurz vor vier. Zum Glück habe ich meiner Mutter gesagt, dass ich bei Augustin übernachte. Ich bin todmüde. Augustin und Anita sehen aus, als wären sie topfit. Sie tanzen weiter.

Ich sage: »Es ist schon sehr spät, und wir haben morgen Schule, Augustin ...«

Anita unterbricht mich: »Du hast recht, es ist verrückt von mir, euch so lange wachzuhalten. Schlaft doch hier.«

Ich habe keine große Lust, hier zu schlafen.

Augustin antwortet: »Bist du sicher, dass dir das nichts ausmacht, Anita?«

Anita scheint sich zu freuen. »Absolut nichts! Wir müssen nur ein bisschen zusammenrücken, das ist alles!«

Mir fällt auf, dass im Wohnzimmer kein Sofa steht, und mir schwant, dass es in der ganzen Wohnung offenbar nur ein Schlafzimmer gibt. Ich habe recht. Wir gehen in das Schlafzimmer. Das Bett ist riesig. Anita zieht sich ins angrenzende Bad zurück.

Ich raune Augustin zu: »Ich schlafe nicht neben ihr. Du legst dich in die Mitte!«

Er fängt an, sich auszuziehen. Er ist einverstanden. Er zieht sein T-Shirt aus. Ich beschließe, meins anzulassen. Sie kommt in einem Babydoll und Shorts zurück.

»Wer schläft in der Mitte?«, fragt sie mit Klein-

Mädchen-Stimme, und es hört sich ein bisschen unheimlich an.

»Ich«, antwortet Augustin und schlüpft unter die Decke.

Wir liegen alle im Bett. Sie schaltet den Fernseher ein. Ich glaube, Augustin und Anita sind sich nähergekommen. Ich möchte nicht darüber nachdenken. Ich versuche einzuschlafen, was mir auch gelingt.

Sie betrachten die Sonne, doch sie sagt ihnen nichts.
Sie betrachten den Himmel, bald ist es weg, das Licht.
Die Leere liegt vor ihnen wie ein dunkler Schlund
Die Leere liegt vor ihnen, still und ohne Grund
Der samtene Himmel hat die grauen Wolken verdrängt
Sie sagen, gut, endlich hat sich die Nacht herabgesenkt
In totaler Finsternis fühlen sie sich unbesiegbar
Sie fürchten den Tag, denn da ist alles sichtbar
Als endlich die Nacht kommt, machen sie sich bereit.
Sie ziehen sich schwarz an, bald ist es so weit.
Endlich sind sie draußen, und es glaubt ihnen keiner.
Denn alle trauern, nur um was, weiß nicht einer.

Als ich aufwache, liegt Augustin neben mir und schläft. Anita ist nicht da. Ich stehe auf. Ich glaube, ich bin immer noch leicht betrunken. Ich gehe ins Wohnzimmer. Sie sitzt vor den Fenstern am Tisch. Sie trinkt Tee. Es ist noch nicht hell. Nach einer Weile bemerkt sie mich.

»Oh, du bist schon auf ...«

Sie ist jetzt schöner als gestern. Fragiler, nicht so überdreht. Ich frage mich, wie viele wohl schon in ihrem Bett übernachtet haben. Sie bietet mir Tee an. Ob sie mit Augustin geschlafen hat?

»Wir dürfen nicht zu spät los, um halb neun fängt der Unterricht an.«

Sie hat den Blick abgewandt. Lächelnd hält sie die Hand über den Dampf, der aus ihrer Tasse aufsteigt. Ich gehe Augustin wecken. Ich glaube, es wird höchste Zeit, von hier zu verschwinden. Schnell ziehen wir uns an. Im Wohnzimmer rührt sich Anita nicht. Sie sieht uns aus dem Schlafzimmer kommen.

»Wie schön ihr seid! Ihr erinnert mich an meine ersten Lieben...«

Hat sie das nicht schon gestern Abend zu uns gesagt?

»Auf Wiedersehen. Danke für alles.«

Sie steht auf und nimmt uns in den Arm. Wir machen, dass wir wegkommen. Wir beschließen, zu Fuß zur Schule zu gehen. Augustin sieht aus, als wäre er noch benebelter als ich. Mir fällt ein, dass ich meine Schulsachen nicht dabeihabe. Nicht schlimm, ich habe sowieso nie das Richtige mit. Es reizt mich, Augustin zu fragen, ob er mit Anita geschlafen hat. Ich frage ihn, aber er antwortet nicht. Ich stelle ihm die Frage nicht noch mal. Wir gehen auf einen Kaffee und einen Cookie bei Starbucks vorbei. Wir schweigen. Ich glaube, ihm ist nicht gut. Er verschwindet eine ganze Weile auf dem Klo. Dann ist es Zeit, zum Unterricht zu gehen. Wir trennen uns. Wir sind hundemüde. Als ich das Klassenzimmer betrete, starren die anderen mich an. Ich sehe bestimmt zum Fürchten aus. Ich setze mich allein nach hinten. Ich muss dringend schlafen. Ich schaffe es nicht, über den gestrigen Abend nachzudenken. In meinem Kopf herrscht Chaos. Madame Pontier erzählt uns was über Voltaire. Ich habe nicht genug geschlafen, um ihr folgen zu können. Ich stinke nach Alkohol, Kippen und Hormonen. Mitten im Unterricht verlasse ich das Klassenzimmer, ich muss nach Hause. Erklären werde ich das später.

Ich habe beschlossen, Augustin Dominique vorzustellen. Wir sind zusammen Kaffee trinken gegangen. Es wird langsam dunkel. Augustin erzählt einen Witz über einen Elefanten und einen Chinesen. Ich lache, Dominique auch, aber ich bin mir nicht ganz sicher, ob ich ihn verstanden habe. Dominique ruft Rachel an, die uns vorschlägt, zu ihr zu kommen.

Rachel trägt nur einen BH und eine Jogginghose. Sie wohnt in einem großen, zweigeschossigen Haus mit Panoramafenstern, die auf einen hübschen Garten gehen. Auf dem Tisch stehen Flaschen. Rachel bittet uns, sie zu entschuldigen, weil sie ihre kleine, fünfjährige Schwester ins Bett bringen muss. Sie wankt zur Treppe, und Dominique schlägt vor, schnell was zu trinken, um sie in ihrem Zustand nicht allein zu lassen. Als Rachel wieder runterkommt, sagt sie: »Sie liegt jetzt im Bett, aber sie hat gesagt, ich rieche komisch. Ich hab Angst, dass sie sich vor meinen Eltern verplappert ...«

Keiner antwortet. Uns doch egal. Rachel schenkt sich noch einen Wodka ein und erzählt uns von ihrer Freundin Claire, die sie im Ferienlager kennengelernt hat und die vor drei Tagen in die Psychiatrie eingewiesen worden ist. Sie endet mit den Worten, Claires

Eltern hätten »sich Sorgen gemacht, als sie bei ihr im Bad Subutex entdeckt« hätten. Dann sagt niemand mehr was. Nach einer Weile schlägt Augustin vor, einen Satz Karten zu nehmen und »Kampftrinken« zu spielen. »Wer die niedrigste Karte ablegt, muss ein Glas trinken.« Ich glaube, wir haben viel Spaß. Wir trinken viel. Wir reden über Musik. Jemand legt ein Album auf. Ich murmle stark alkoholisiert: »Wir sind echt cool.« Keine Antwort. Traumkoma auf dem Sofa. Wir erzählen uns Witze, um nicht einzuschlafen. Mir geht's gut. Augustin dreht einen Joint. Er zündet ihn an, der Joint riecht ziemlich stark. Wir sehen uns im Fernsehen *Sans aucun doute* an. Es geht um eine Mutter, die von ihrem Sohn aus der eigenen Wohnung geworfen wurde. Rachel schaltet auf den Nachrichtensender um. In Tel Aviv hat sich erneut ein Selbstmordattentat ereignet, in Mâcon ist eine Frau zerstückelt worden und in North Carolina ein Waisenhaus abgebrannt. Dominique hat eine vegetarische Pizza in den Ofen geschoben, der Teig ist noch gefroren, das Gemüse verkohlt. Rachel schnauzt sie an. Augustin, der sich die sterblichen Überreste der jungen Frau aus Mâcon ansieht, sagt mit seltsam ruhiger Stimme:

»Merkwürdig, hier ist rundrum Luft … Überall … Und trotzdem ersticke ich …«

Dominique prustet los. Rachels Bruder hat ein großes Bett. Wir beschließen, nach oben zu gehen. Dominique lässt den BH an, Augustin und ich legen uns mit nacktem Oberkörper zu ihr aufs Bett. Ich zünde eine Zigarette an. Dominique sagt was, was ich nicht verstehe, sie wiederholt es: »Bringt ihr es fertig, euch zu küssen?«

Rachel kichert. Ich begreife, dass Dominique Augustin und mich meint. Wir sehen uns an. Wir sind total bekifft. Er grinst mich an.

»Okay, aber nur, wenn ihr euch danach auch küsst«, sagt er.

Sie sind einverstanden. Augustins Gesicht kommt näher. Er grinst immer noch. Ich glaube, Dominique und Rachel schlafen manchmal miteinander. Sein Gesicht ist ganz nah. Ich habe sie vielleicht sogar schon mal gehört. Ich kenne seinen Geruch noch nicht. Ich spitze die Lippen und denke an das, was er vorhin gesagt hat. Überall Luft. Überall Luft, und wir ersticken. Er küsst mich. Ich ersticke. Schweigen. Langes Schweigen, dann genauso lang andauernder Schwindel. Irgendwo ausgelassenes Gelächter. Trotzdem herrscht Schweigen. Augustin und ich sind nicht mehr in diesem Bett, wir sind nirgends mehr. Allmählich kehren die Sinne und das Bewusstsein zurück. Sein Gesicht ist immer noch genau vor mir. Ich bin außer Atem und spüre, wie Dominique mir auf die Schulter schlägt. Sie lacht und küsst Rachel. Augustin starrt mich an, und ich kann nicht sagen, ob er glücklich, erstaunt oder einfach nur betrunken ist. Ich will nur noch sein Gesicht ansehen. Ich muss die ganze Zeit an die Luft denken, die uns erstickt und uns trennt. Die Luft zwischen ihm und mir. Später schlafen wir alle ineinander verknäult ein.

Mein Telefon klingelt. Papas Handy. Wenn ich nicht rangehe, löchert er mich wieder.

»Hallo?«

»Mein Schatz, hier ist Papa.«

»Oh, Papa!«, sage ich, als wäre ich überrascht, ihn zu hören. »Wie geht's?«

»Gut, gut. Hör mal, ich habe für heute Abend Zirkuskarten ... für den Moskauer Zirkus. Hast du Lust? Ich gehe mit Joséphine hin.«

Ich rechne mir aus: Wenn ich ihn heute treffe, muss ich ihn drei Wochen nicht sehen. Aber Zirkus mit meinem Vater und meiner Schwester ist ziemlich heftig. Er spürt mein Zögern und sagt ernüchtert: »Du kannst ja einen Freund mitnehmen, wenn du willst ...«

»Prima, ich werde jemanden einladen. Um wie viel Uhr?«

»Ich bin um 20 Uhr unten.«

Augustin ist bereit, mitzukommen.

Eine halbe Stunde später ruft mein Vater wieder an und sagt, ich soll runtergehen. Augustin steht schon auf der Straße. Mein Vater trifft im selben Moment ein wie ich. Perfektes Timing. Wir steigen ins Auto. Mein Vater ist kühl, wie immer. Augustin fühlt sich unwohl. Meine Schwester macht ein bisschen Konversation mit ihm. Als ich den Zirkus sehe, wird mir klar, dass ich solche Veranstaltungen schon immer gehasst habe. Die Vorführung ist sterbenslangweilig. Augustin amüsiert sich trotzdem, weil neben uns das Mädchen sitzt, das in *Julie Lescault* mitspielt. In der Pause gehen wir aufs Klo. Ich spüre, dass er mir was sagen will, er wirkt so konzentriert. Er betritt eine der kleinen Kabinen des Klowagens, während ich mir die Hände wasche. Als er wieder rauskommt und zu den Waschbecken geht, wirft er mir im Spiegel einen Blick zu. Er sagt: »Ich muss immer wieder an Samstagabend denken.«

Er studiert mein Spiegelbild. Ich antworte: »Ach ja?«

Er steht jetzt mit dem Rücken zum Spiegel. Ohne mich anzusehen, sagt er: »Du nicht?«

Er spielt mit einem Steinchen auf dem Boden. Der Stein rutscht unter einer Kabinentür durch. Ich sage: »Na ja, vielleicht.«

Er spuckt ins Waschbecken. Er zieht sein Zigarettenpäckchen raus. »Glaubst du, man darf hier rauchen?«

Ich antworte, dass ich es nicht weiß. Er steckt sich eine Zigarette an. Er sagt: »Das war ziemlich cool am Samstag.«

Ich konzentriere mich mit aller Macht auf seinen losen Schnürsenkel. Ich weiß wirklich nicht, was ich antworten soll. Ich verstehe, was er damit sagen will. Ich verstehe immer, was er sagen will. Ich sage: »Ja, das war cool am Samstag.«

Er sieht mir in die Augen, und es ist mir nicht unangenehm. Er zieht an der Zigarette, und sein Gesicht verschwindet hinter dem Qualm. Diese schwarzen Augen, in denen ich mich auch in finsterster Nacht spiegeln könnte. Er sagt ganz leise: »Stimmt, das war cool am Samstag. Es könnte noch cooler sein.«

Im Schatten des Zirkuszelts, in dem Trompetenstöße die Zuschauer zu ihren Plätzen zurückrufen, können zwei Kinder die Augen nicht voneinander lassen.

Wir haben uns auf meiner Terrasse auf Liegestühlen eingerollt, weil sich der Boden wie Packeis anfühlt. Ich verstehe nicht, warum wir hierher gegangen sind. Es ist so kalt. Wir könnten sonst nirgendwo sein. Die Stadt ist erstarrt, nichts bewegt sich, als würde außer uns kein Mensch mehr leben. Aus einem Mansardenzimmer auf der anderen Straßenseite schallt ein Song von Pink Floyd rüber. *Echoes*, glaube ich. Es ist Nacht. Eine dieser eiskalten, klaren Nächte, die das Mondlicht durchdringt und transparent macht. Ich bin in Unterhose und zu großem weißem T-Shirt. Sein Oberkörper ist nackt. Qualm quillt aus unseren Mündern und bildet Formen, die sich in der Kälte verflüchtigen. Ich zittere. Er bemerkt es. Er reibt meine Beine, während die Musik weiter läuft. Er küsst mich. Er zieht an der Zigarette, und mir brennen die Augen. Für einen Moment bin ich blind. Als der Song zu Ende ist, legt er mir die Hände auf die Lider und sagt ganz leise, wie ein Hauch: »Tu bloß nicht so, als wäre nichts.«

Plötzlich ertönt in der stillen Unermesslichkeit der Stadt ein Schrei. Augustin hat seine Hände weggenommen, und trotzdem lasse ich die Augen geschlossen. Ich höre nur noch die Geräusche seiner Lippen. Mir fällt wieder ein, dass der Song *Echoes* mittendrin stoppt, damit die Geräusche der Hölle hörbar werden. Da sind die Schreie wieder, zahlreicher, wie Alarmsignale, wie Messer. Ich drehe mich zum Mansardenzimmer um. Dort ist niemand. Das ganze Haus scheint leer zu sein. Augustin reicht mir seine Zigarette, die fast zu Ende geraucht ist. Ich krieg sie nicht zu fassen, sie fällt mir aufs Bein. Ich spüre das Brennen. Anfangs nicht so stark, dann *crescendo*. Wieder ein Schrei. Ich spanne meinen Schenkel an. Ich kann mich nicht rühren. Augustin hat sich zwischen meine Beine geschoben. Sein Kopf liegt auf meinem Oberkörper. Der Song beginnt von vorn. Ganz langsam. Augustin zieht mir die Unterhose runter. *Wir dürfen nicht so tun, als wäre nichts.* Man muss seinen Platz zwischen Lust und Wirklichkeit finden. Ich habe offenbar eine neue Zigarette angezündet, weil wieder Rauch aus meinem Mund dringt. Oder ist es die Kälte? Keine Ahnung. *Kontrollierte Entgleisung.* Das Atmen fällt mir schwer. Die Gitarren heulen mir zu, nicht zu reagieren. Ich muss mich auf die Musik konzentrieren. Seine Hände legen sich auf meine Schenkel. Meine Hüften. Meinen Bauch. Ich erschauere, starr und schläfrig. Ich schwitze, glühe. Fast lache ich, obwohl mir nach Weinen zumute ist. Der Schlagzeuger spielt im Rhythmus meines Herzens. Im Rhythmus unseres Atems. Synchron. Alles ist synchron. Seine Zunge leckt lange. Er steht auf, ich bleibe sitzen und lasse meine Marlboro zu Boden fallen. Pink Floyd haben wieder zu singen angefangen. Das erleichtert mich. Ich liebe die Stille so sehr, wie ich sie fürchte. Jetzt blase ich Augustin einen. Der Song liegt in den letzten Zügen. Wieder hören wir nichts mehr. Er spritzt auf meine Schulter. Ich auf mein Bein. Die Musik ist tot. Unsere Körper dampfen. Wir ringen nach Luft.

Ich möchte diesen Song gern noch mal hören. Ich muss diesen Song noch mal und noch mal hören, immer wieder. Diese E-Gitarren … Ich hoffe, dass ich sie wieder höre, jedes Mal. Dieses Solo, diese Schreie … Je mehr ich mich fallen lasse, desto tiefer werde ich sinken, desto tiefer wird das Einverständnis, desto länger dehnt sich der Akkord.

Mein Vater und meine Schwester sind schon runtergegangen. Ich sehe sie durchs Fenster. Sie bräunen sich am Pool, das heißt, sie versuchen es. Ich ziehe mir die Badehose an und denke an Augustin, der sich bestimmt in Paris amüsiert, und ich verkneife es mir, *Echoes* zu hören. Ich beschließe, eine zu rauchen. Ich befühle das Brandmal, das Augustins Zigarette vor nunmehr drei Wochen hinterlassen hat. Ich gehe nach unten. Am Pool sind lauter Freunde meines Vaters. Ich mag sie nicht. Sie sind dick, vulgär und reich. Sie begrüßen sich kreischend und verabschieden sich flötend. Selbst wenn sie reglos in der Sonne liegen, sind sie laut. Zum Beispiel diese blonde Schlampe, die mir ständig erzählt, dass sie meinen Bruder toll findet. Alle sagen, wie toll sie Aurélien finden. Sie halten mich für das uneheliche Kind. Dann muss es wohl so sein. Ich lächle die Leute nicht an, das ist meine einzige Waffe. Mein Vater sagt: »Zieh nicht schon wieder so ein Gesicht. Gib dir ein bisschen Mühe...«

Ich frage ihn nach der Sonnencreme mit Lichtschutzfaktor 30, weil in der Tasche nur die mit dem 20er ist.

»Du weißt doch, dass wir keinen 30er benutzen«, sagt er.

Ich habe also die Wahl zwischen Schatten oder Sonnenbrand. Ich lege mich mit meinem iPod auf meinen Liegestuhl, und man bittet mich, ihn leiser zu stellen. Dabei ist die Musik mein einziger Schutzwall gegen die Leute um mich herum. Barrieren von 3 Minuten 52, von 6 Minuten 03, von 4 Minuten 33 Länge. Pausen, die sich aneinanderreihen, bis man mich aus meiner Klangwelt rausreißt und an den Rand des Pools zurückholt. Ich höre The Cure: *Play for Today*.

> *It's not a case of doing what's right*
> *It's just the way I feel that matters*
> *Tell me I'm wrong I don't really care*

Die Kinder der Freunde meines Vaters hängen am Pool ab. Ihr Gequatsche übertönt manchmal meine Musik. Ich sehe ihnen zu. Sie sind weit weg von mir. Ich sorge für diesen Abstand. Ab und zu kommen sie zu ihren Eltern, um sie um Kohle oder was anderes zu bitten. Mein Vater fragt mich, warum ich nicht »mit ihnen spiele«.

Um zwei Uhr gehen wir Mittag essen. Es gibt ein Büfett mit fetten Kefta und trockenem Gemüse und, an unserem Tisch, fette Männer und triefnasse Frauen. Die Frauen sehen alle gleich aus. Türkisfarbener Dior-Badeanzug, Zehensandalen mit Plateausohlen und nach teurem Parfum stinkendes Haar. Die Männer tragen alle Ralph-Lauren-Polohemden mit offener Knopfleiste, haben dasselbe Motorola-Handy, dieselbe Vilebrequin-Badehose. Die heimliche Königstochter fragt mich, warum ich nicht zusammen mit den anderen Jungs esse. Das grenzt an Belästigung. Mein Vater antwortet, dass ich bestimmt liebend gern zu denen gehe. Ich habe weder die Kraft noch den Mut, was zu sagen, also stehe ich auf. Als ich an ihren Tisch komme, verstummen die Jungs und sehen mich an.

»Sacha wird mit euch essen, okay?«

Sie geht weg. Ich lächle. Ein Hund im Schaufenster einer Tierhandlung, der gekauft werden will und versucht, lieb auszusehen. Bestimmt halten sie mich für schüchtern und glauben, dass ich meinen Vater gebeten habe, mich bei ihnen einzuführen. Ich könnte kotzen.

»Hallo, Sacha. Alles klar?«

Das ist der Sohn einer Prinzessin. Er heißt Josh und ist ein Jahr jünger als ich.

»Alles klar, und bei euch?«, frage ich.

»Du kannst mich ruhig duzen!«, antwortet er. Seine Kumpels wiehern, und das Schlimmste ist, dass ich mich auch noch rechtfertige: »Ich hab euch alle gemeint.«

Sie wiehern wieder. Sie verarschen mich. Ich möchte sterben. Ich sage: »Wie heißt ihr?«

Wieder antwortet Josh: »Josh, aber du kannst mich duzen.«

Sie johlen erneut, und ich antworte: »Du bist wohl schwer von Begriff.«

Sie hören auf zu lachen. »Wir machen doch bloß Spaß.«

Und ein anderer sagt: »Du kommst seit zehn Jahren hierher. Du weißt, wie wir heißen. Sei nicht so hochnäsig.«

Ich richte mich zu voller Größe auf und antworte trocken, es täte mir leid, aber ich könnte mich nicht erinnern, sie schon mal gesehen zu haben.

Sie stellen sich einer nach dem anderen vor, und ich

vergesse ihre Namen sofort wieder. Keine Lust, mir Mühe zu geben. Dann stellen sie mir Fragen, und zwar in dieser Reihenfolge: »Auf welche Schule gehst du?«
»Wo wohnst du?«
»Was für Musik hörst du?«
»Was willst du später mal machen?«
Ich muss wirklich gleich kotzen. Ich antworte in derselben Reihenfolge: »Auf die École de Lorraine.«
»Im 6. Arrondissement.«
»Keine Ahnung.«
»Keine Ahnung.«
Sie verwenden mehr Sorgfalt auf die Analyse meiner Antworten als ich auf ihre Formulierung. Aus Höflichkeit stelle ich ihnen dieselben Fragen. Sie sind zu sechst. Ihre Antworten lauten: »Lubeck, Passy, Notre-Dame de Neuilly, Fidès.«
»16., Neuilly.«
»House.«
»Business.«
Ich gehe auf die Toilette. Ich versuche mich zu übergeben. Es geht nicht. Ich setze mich auf den Klodeckel. Ich bleibe lange eingeschlossen sitzen. Jemand geht auf die Toilette neben mir. Das finde ich widerlich. Ich verlasse die Kabine. Ich sehe mich im Spiegel an und frage mich, ob ich wohl Ähnlichkeit mit Josh und seinen Freunden habe. Bei meiner Rückkehr, kichern sie und fragen mich spöttisch, warum ich so lange gebraucht habe. Ich kann mich nicht länger beherrschen. »Hm, das ist eine komplizierte Geschichte.«
Sie witzeln: »Schon gut, die Details kannst du auslassen!«
Mit ernster Miene fahre ich fort: »Nein, darum geht es nicht. Ich kann nicht drüber reden.«

Ein braungebrannter Typ in einem Abercrombie-and-Fitch-T-Shirt sagt: »Ist schon okay, dir war ein bisschen übel, ist doch nicht schlimm, das passiert jedem mal, weißt du!«

Ich sehe ihm in die Augen. »Nein, mir war nicht übel ... Ich hab mir nur eben drei Linien reingezogen ... Das ist alles.«

Sie lachen. Ich nicht. Einer fragt: »Machst du Witze?«

Alle Blicke sind jetzt auf mich gerichtet. Ich spiele meine Rolle so gut wie möglich weiter: »Äh... Ich wollte euch nicht schockieren. Tut mir leid, ich hätte das nicht...«

Ich schniefe, schnäuze mich, frohlocke.

»Du solltest dieses Zeug nicht nehmen. Das ist wirklich scheiße«, sagte Josh mit ernster Miene, und das nervt mich.

»Du hast recht, deshalb macht man es ja auf dem Klo. Die Sache ist nur, Josh, bei diesen Ferien hier bekomme ich Selbstmordgelüste, und die Drogen helfen mir, die Zeit totzuschlagen.«

Das ist mein schönstes Ferienerlebnis. Ich sollte ihnen sagen, dass ich gelogen habe, aber es gibt kein Zurück. Außerdem werden sie wahrscheinlich alles brühwarm ihren Eltern erzählen, und das finde ich genial. Im Übrigen habe ich bis auf die Sache mit dem Koks die Wahrheit gesagt. Niemand will die Wahrheit über andere wissen. Der Beweis: Sie richten nicht mehr das Wort an mich und unterhalten sich untereinander. Sie wirken verstört, lachen gekünstelt. Ich habe ihnen das Mittagessen versaut. Sie reden über ein »supergeiles Mädchen mit Riesentitten«.

Ich schaue den Pool an. Das blaue Wasser. Es ist so viel Chlor in diesem Wasser, dass darin nichts überlebt.

Deshalb sind die Bademeister ständig damit beschäftigt, die toten Fliegen und Frösche abzufischen, die an die Oberfläche steigen. Wer weiß, was passiert, wenn man zu lange in diesem Wasser bleibt. Die Hölle kann alle möglichen Formen annehmen. *Wait for something to happen.*

Ich lege mich wieder in die Sonne, und als mein Vater zu mir kommt, fragt er mich mit sehr ruhiger, sehr ernster Stimme, ob ich Drogen nehme.

»Na klar, Papa. Aber ich hab mir geschworen, nach den Ferien damit aufzuhören.«

Er sieht mich an, er hat kapiert. »Alle im Hotel denken, dass du kokst. Jetzt mal ehrlich, bist du bescheuert oder was?«

Ich setze meine Sonnenbrille auf. Die Kopfhörer nehme ich nicht ab. »Das heißt aber nicht, dass ich es nicht gern tun würde. Das würde mir die Ferien echt erleichtern. Da siehst du, wie bescheuert ich bin. Ich hoffe, du hörst jetzt auf, mich irgendwelchen Leuten vorstellen zu wollen.«

»Du bist zum Verzweifeln, Sacha. Nie bist du zufrieden. Was ist dein Problem?«

Ich nehme die Kopfhörer ab und schreie: »Im Augenblick bist *du* mein Problem, Papa.«

Er ist wütend, sagt aber nichts. Es sind zu viele Leute in der Nähe. Ich beschließe, *Teardrop* von Massive Attack als Endlosschleife zu hören. Meine Schwester macht sich auf den Weg zur Reitstunde. Demnach muss es 16 Uhr sein. Sie reitet schon immer. Menschen, die Pferde mögen, sind sonderbar. Irgendwann sehen sie selbst wie Pferde aus. Das ist meine Theorie des Tages. Später werde ich mit meinem Vater Squash spielen. Ich weiß nicht, ob ich gegen ihn gewinne; ich weiß nicht mal, ob wir überhaupt die Punkte zählen. Wir gehen aufs Zimmer. Er bestellt Minztee. Wir trinken ihn auf der Terrasse. Wie immer findet er den Tee zu süß. Vor uns liegt der Pool, in dem sich ein paar letzte Badegäste aalen, dahinter sind die angelegten, nicht sehr natürlich wirkenden Gärten. Wir reden nicht miteinander. Man muss weiter weg, raus aus den Gärten des Mamounia. Man muss sich den verwilderten Palmenhain ansehen und dann, in der Ferne, den Atlas, dieses verlorene, unzugängliche Paradies. Mein Vater summt eine Melodie. Ich glaube, es ist ein Lied von Cesaria Evora. *Saudade*. Wir mustern uns flüchtig, und ich spüre, dass er mir was sagen möchte, aber er lässt es, er lässt es schon seit Langem. Er stellt sein Glas ab und geht ins Zimmer.

Ich bin an jenem Morgen um neun Uhr runtergegangen. Es war ein schöner, aber kalter Tag. Mein Vater wartete in seinem Wagen auf mich. Er hatte seine Sonnenbrille auf, die er immer trug, weshalb ich nie seine Augen sehen konnte. Ich stieg zu ihm ins Auto und gab ihm einen Kuss. In sein Landhaus zu fahren, war für mich eine Prüfung. Er wusste das, und es machte ihm zu schaffen. Mein Halbbruder und meine Halbschwester erwarteten uns dort, sie waren schon am Vorabend losgefahren. Mein Vater drehte das Radio laut auf, um die Stille zu überbrücken. Als wir aus Paris rauskamen, fiel mir auf, dass wir nicht der gewohnten Route folgten. Ich sagte mir, dass er wohl Staus befürchtete oder eine neue Strecke ausprobieren wollte. Nach einer Weile hielten wir vor einem Friedhofstor. Einem großen schwarzen Gittertor. Er stellte den Motor ab und schaute sekundenlang weiter geradeaus, dann sagte er zu mir: »Ich möchte gern, dass du mitkommst.« Ich antwortete nicht, und da fügte er hinzu:

»Ich möchte, dass du mit mir auf den Friedhof kommst. Vor fünfundzwanzig Jahren ist mein Vater gestorben.« Seine Stimme klang nicht düsterer als sonst, nur ein bisschen ernster. Wir stiegen aus, er holte einen Blumenstrauß aus dem Kofferraum, und wir gingen durch das große Schmiedetor. Die Gräber sahen alle gleich aus. Total gleich. Wir blieben vor einem Grab stehen, nicht grauer oder anonymer als die anderen. Er setzte mir eine Kippa auf und sich selbst auch eine. Er legte den Strauß feierlich auf die Marmorplatte. Ich weiß nicht, wie lange wir vor diesem Grab standen, ohne was zu sagen, ohne uns anzusehen. Ohne uns zu sehen. Schließlich nahm mein Vater seine Kippa ab, und ich wollte dasselbe tun, aber meine war runtergefallen, ohne dass ich es bemerkt hatte. Im Wagen stellte mein Vater nach ein paar Minuten das Radio wieder an. Damals war ich elf.

Ich trage eine enge Levis-Jeans und ein rotes T-Shirt, und mein Vater will wissen, warum ich nie Hemden anziehe. Wir essen im italienischen Restaurant zu Abend. Aus dem geplanten Familienessen ist ein mondänes Diner geworden. Mehrere Tische wurden zusammengeschoben, wir sind ungefähr zwanzig. Die Jungs vom Mittagessen sind auch dabei. Diesmal mustern sie mich verlegen, wie ihre Eltern. Sie werfen meinem Vater und meiner Schwester mitfühlende Blicke zu. Eine der Frauen am Tisch, die die Anspannung spürt, sagt mit sanfter Stimme: »Antoine, das ist nur die Pubertät. Sacha, gib dir einen Ruck, sei nett zu deinem Vater.«

Ich sehe die Frau so verächtlich an, dass sie gezwungen ist, den Blick abzuwenden. Ich habe eine Vision, einen Traum. In diesem Traum ziehe ich eine Heroinspritze aus der Tasche. Ich jage sie mir in den Arm und schneide dabei eine grässliche Grimasse. Dann zerschlage ich alle Servierplatten auf dem Tisch, alle Teller und alle Gläser ... Stattdessen bestelle ich Spaghetti Carbonara und eine Cola Light.

Später am Abend werde ich allein in die Hotelbar gehen. Ich möchte gern, dass mich jemand anspricht. Ich werde mit geheimnisvoller Miene Zigaretten rauchen. Ich möchte gern, dass man mich holen kommt. Ich möchte immer, dass man mich holen kommt. In meiner Fantasie gibt es immer jemanden, der mich aus meiner Isolation rausholt. Es wird niemand kommen. In Hotelbars ist nie irgendwer.

Luftschlangen, Champagner, mein Vater und meine Schwester tanzen einen Stehblues. Die Einsamkeit hat mich fest im Griff, sie ist spürbar, sie hält die anderen auf Abstand. Meine Altersgenossen amüsieren sich. Es sind nicht viele Mädchen darunter. Ich gehe in den Garten. Der noch warme Pool dampft. Ich fühle mich wie am Set eines Horrorfilms. Lieber habe ich hier draußen Angst, als mich drinnen zu langweilen. Um 23 Uhr (Zeitverschiebung) kriege ich eine SMS von Augustin: »Happy fucking new year«.

Hast du nicht manchmal Lust abzuhauen?
Augustin fragt mich das, als wir auf einer Brücke, deren Namen ich nicht kenne, ein Sandwich essen. Er blickt auf die Seine. Ich möchte zu ihm sagen: Na klar, das ist eine fixe Idee von mir. Abhauen! Mit vierzehn will doch jeder von zu Hause weg, oder? Aber ich antworte, dass ich gern weglaufen und jeden Sonntag wiederkommen würde. Er sagt grinsend, dass ich nicht gerade mutig bin. Er zieht einen Joint raus. Ich verstehe, warum er raucht. Das ist seine Art von Flucht, und weil ich nicht will, dass er ohne mich weggeht, beschließe ich, auch zu rauchen.

»Wenn wir weggehen, dann zusammen, stimmt's?«, frage ich ihn.

Er fasst mich an der Schulter und sagt: »Klar. Du und ich auf der Straße, das wäre cool!« Er reicht mir den Joint und redet weiter: »Irgendwann machen wir das.«

Ich sehe ihm fest in die Augen. »Versprochen?«

Heute habe ich in der Synagoge unauffällig meinen Kaugummi fallen lassen. Dummerweise hat es jemand gesehen. Die anderen Schüler haben reagiert, als hätte ich den Nazi-Gruß gemacht. In solchen Momenten bereue ich es, dass ich eingewilligt habe, meine Bar Mizwa zu machen. Ich muss allerdings dazusagen, dass mein Vater, seit ich alt genug bin, um in die Synagoge zu gehen, mächtig die Werbetrommel gerührt hat.

Der Rabbiner packt mich unsanft am Handgelenk und brüllt: »Was glaubst du, wo du bist, du Flegel?«

Eine Mutter, die ihren Sohn begleitet, sagt zu einer anderen: »Hat man so was schon gesehen? Eine Schande ist das! Das ist doch der Sohn von ... Der Arme!«

Der Rabbiner legt wieder los: »Seit sechs Monaten kommst du regelmäßig eine halbe Stunde zu spät! Für wen hältst du dich?«

Er kann brüllen, so viel er will, mich kratzt das nicht. Rabbiner sind sowieso nur als Messias verkleidete Lehrer oder umgekehrt. Ich habe nicht übel Lust, ihm das zu sagen, und eigentlich könnte ich das auch, mein Vater hat so viel Geld für diese Synagoge gespendet, dass sie mich gar nicht rauswerfen können. Ich sehe ihn trotzig an, und das bringt ihn noch mehr in Rage. Er fängt wieder an zu brüllen: »Heb auf! Na los!«

Ich frage mich, ob ich die Bar Mizwa auch ohne Talmud-Tora-Schule machen kann. Ich weiß auch nicht, warum ich zugestimmt habe. Vielleicht meinem Vater zuliebe, vielleicht wegen der Geschenke. Das war eine bescheuerte Idee. Der Rabbiner schickt mich nach Hause. Es regnet und ist sehr kalt. Ich wähle Augustins Nummer. Er hört sich bekifft an, und das macht mir auch Lust. Ich frage ihn, ob ich vorbeikommen kann.

»Gern«, antwortet er. »Meine Eltern sind heute Abend nicht da ...«

Kurz darauf bin ich bei ihm. Wir unterhalten uns

ein paar Minuten. Er rollt zwei Joints, und danach weiß ich nicht mehr genau. Wir legen uns aufs Bett seiner Mutter. Während der Tag zu Ende geht, wird das Zimmer immer orangefarbener. Anscheinend hat der Regen aufgehört. Die Sonne zeigt sich, als wollte sie uns versprechen, dass sie morgen wiederkommt. Ich höre Augustins Atem. Ich blicke auf. Unsere Körper verknäulen, verschlingen, verkeilen sich auf dem Bett ineinander. Im Licht der untergehenden Sonne, das durch die Fensterscheibe sickert, glänzt Augustins Haar. Von draußen dringt Motorengeräusch zu uns rein. Augustin steht auf und setzt sich aufs Bett. Er angelt was vom Boden, dann richtet er sich wieder auf, und seine Augen glühen wie die Sonne, die ihm ins Gesicht scheint. Er schaut in die Sonne. Ich kriege es nie hin, jemandem in die Augen zu sehen.

Der schmutzige Boulevard, auf dem sich junge Leute mit glutroten Augen herumtreiben. Unabhängigkeit, die Hände in den Taschen. Wenn wir einschlafen, ist es Tag. Wenn die Nacht hereinbricht, sind wir schon weit weg. Der Wind weht. Die jungen Leute mit den glutroten Augen sind stehengeblieben. Sie blicken bang zum Himmel auf. Einen Augenblick lang spüren sie das Gewicht der Welt auf ihren Schultern. Das allzu große Gewicht der Welt. In der Stunde, in der alles dunkler wird, müssen wir uns rasch ins Gesicht sehen. Die jungen Leute gehen weiter, sehnsüchtige, faule, unbedeutende Zombies auf dem Boulevard der schmutzigen Hoffnungen. Von Unglücksfällen durchlöchert, tragen ihre Netzhäute die Spuren des Schmerzes. Der Wind weht nicht, die Sonne wird gelöscht. Die jungen Leute drehen durch, sie sind nicht mehr zu bändigen, werden quasi zu ferngesteuerten Wilden. Und in dieser Finsternis des Raums, in der Stunde, in der alles er-

laubt ist und die Sonne sie nicht mehr verurteilt, spucken die Zombies auf die Sterne, die sich verdrücken, die machen, was sie wollen, und die doch über unser Schicksal herrschen.

Er kaut einen rosa Kaugummi. Er macht Blasen. Jedes Mal wenn eine Blase platzt, erfasst mich ein Gefühl der Enttäuschung. Der Fernseher ist an. Er ist immer an, wenn ich mit ihm zusammen bin. Notausgang. Ein Musikvideo läuft. Dann noch eins. Und noch eins. Vollkommen sinnlos. Er starrt an die Decke, als könnte er dort oben Bilder sehen. Unsere verschlungenen Körper. Ich muss an einen Bericht über den Vietnamkrieg denken. Haufenweise Körper. Dabei haben wir keine Schlacht geschlagen. Wir sind so arrogant, dem Leben zu trotzen, indem wir uns jeden Tag gegenseitig ein bisschen mehr verderben. Wir. Wir machen Liebe zur Musik. Wir atmen wie die Musik, wie man singt. Wir tanzen, wenn wir zum Höhepunkt kommen. Und das dauert, es trägt uns davon... Er steht auf, kommt mit einem Fotoapparat zurück. *Klick*. Der Blitz schlägt ein wie eine Bombe. Er lacht, dann legt er sich wieder hin. Die Autos rasen weiter durch die Stadt.

Die jungen Leute mit den glutroten Augen folgen den Schildern, sie machen sich auf den Weg, ohne Karte, ohne Kompass. Es fängt an zu regnen, sie fangen an zu weinen, und auf dem Boden kann man die Tropfen nicht von den Tränen unterscheiden. Sie suchen nach Licht. Licht gibt es nicht. Plötzlich flammen Neonlampen in allen Farben auf, und schon sehnen sie sich nach der Dunkelheit zurück. Jetzt können sie nämlich sehen, wo sie gehen, und das ist noch schlimmer. Vor ihnen Berge aus Körpern. Manche regen sich noch. Unmöglich, sich Millionen toter Körper auszumalen. Das übersteigt das Vorstellungsvermögen. Die jungen Leute mit den glutroten Augen heulen auf. Sie wissen, dass sie verwundet worden sind. Jetzt müssen sie alles daransetzen, gesund zu werden. Sie begreifen: Es genügt, die Augen zu schließen. Es genügt, sich nicht länger umzusehen. Wenn sie auf den schmutzigen Boulevard zurückkehren, machen sie sich die Augen kaputt. Die jungen Leute haben sich entschieden, sie schließen die Augen, und alles wird ruhiger.

Ich schließe lange die Augen, dann öffne ich sie wieder. Alles ist orange, wie in einem Traum, und ich beschließe, die Augen ein für alle Mal zu schließen.

Auf einem Fest lerne ich Clara kennen. *Clara*, ein blondes Wesen mit langen Beinen und einem kleinen Bäuchlein. Ich mag ihre Haarspange, die lässig eine Strähne zurückhält. Unwillkürlich sehnsüchtig wiegt sie den Kopf hin und her, und das Licht der Straßenlaternen vor den Fenstern der Wohnung spiegelt sich auf ihrem feuchten Hals. Sie versucht, den Song mitzusingen, aber sie kennt den Text nicht wirklich, sie haut immer wieder daneben. Selbstbewusst und leicht betrunken steuere ich auf sie zu. Ich tanze vor ihr. Ein Träger ihres violetten Seidenkleids ist runtergerutscht. Auf ihren Kinderhänden steht in schwarzer Schrift: *Lolita*. Unwiderstehlich. Die Musik erinnert an Stammesmusik. Hüftschwung. Nach links, nach rechts. Ein Pendel, das mich hypnotisiert. Ihre Augen sind grün. Sie tanzt nicht mit mir, sie tanzt für mich. Sie bewegt sich nur unter meinem Blick. Würde ich wegschauen, würde sie aufhören. Ich fasse sie an den Schultern. Unter der Berührung meiner Hände spannt sich ihr zierlicher Körper. Sie bewegt sich weiter. Ich halte ihren Kopf fest, sie schlingt die Arme um meinen Rücken. Ich spüre, wie ihre Hände meine Schulterblätter drücken. Meine Zunge schiebt sich so tief es geht in ihren heißen Mund. Und die Lautsprecher machen *bumm* und *klack, ta-tam ta-tum, piep, hick a cha a a*. Die Party rückt immer mehr in den Hintergrund, während ich in dieses Territorium vordringe, das für mich seine Fremdheit verliert. Ich greife in ihr Haar, ihre Spange fällt runter. Sie hebt sie nicht auf. Madonna singt, es ist ein Remix von *Erotica*.

Erotic ... erotic ... put your hands all over my body.

Ich habe keine Ahnung, wie wir in dieses Zimmer gelangt sind, in dem keine Menschen, aber lauter Mäntel sind. Die Garderobe der Party. Die Kulisse. Sie sagt: »Und wenn jemand reinkommt?« Ich habe kein Ohr für sie. Ich werfe die Tür zu und dränge sie auf das von Mänteln bedeckte Bett. Ein Meer aus Stoff, das nach Tabak und Parfum riecht. Wir hören: *I'm not gonna hurt you ...* Ich lege die Hände um ihren Hals, beiße ihr in die Lippen ... *just close your eyes ...* Sie nimmt sich meine Ohren vor. Sie sagt, dass sie Clara heißt. Ich antworte: »Nein, heute Abend heißt du Lolita.« Sie hört mich nicht. Unser Atem ist so laut, dass er fast die Musik übertönt. Ich will nicht, dass sie ihre Stiefel auszieht. Sie reißt mir das T-Shirt vom Leib und wirft es durchs Zimmer. Ich mache die Augen zu. Ich knöpfe meine Hose auf. Ich öffne die Augen. Ihr Kleid liegt neben mir. Sie nimmt meine Hand, legt sie auf ihr Geschlecht. Die Hitze, die sie verströmt, gibt mir das Gefühl, zu zerfließen. Beim Aufhaken ihres BHs stelle ich mich ungeschickt an, sie hilft mir dabei. Ich bin enttäuscht, dass ich nicht bis zuletzt den Don Juan spielen kann. Sie sagt ganz leise: »Du musst dir ... Wir

müssen uns ein bisschen schützen ...« Während ich weiter die Tiefen *meiner hübschen Puppe* auslote, wühle ich im Mantelberg. Schließlich stoße ich auf eine Brieftasche. Es ist Geld darin, ich entscheide mich für Latex. Dann verschwimmt alles. Ich lege ihre Beine auf meine Schultern. Ich glaube, sie mag das. Es spielt keine Rolle. Wenn die Lust so groß ist, kann man nur egoistisch sein. Und dann geht es los:
Rein und raus.
Rein und raus.
Rein und raus.
Rein und raus.
Rein und raus.
Rein und raus.
Rein und raus.
Rein und raus.
Rein und raus.
Rein und raus.
Rein und raus.
Rein und raus.
Rein und raus.
Und so weiter, und so fort. *Meine Libido ad libitum.*

Ein wunderbarer Tanz, ein perfektes Ballett. Eine Choreographie, die ich schon immer in mir trage.
Und dann die allerletzte Entladung. Die, die einen aufbrüllen lässt. Mein Schrei überrascht mich selbst. Auch sie stöhnt. Das Hin und Her wird langsamer. Schließlich ziehe ich mich zurück. Wir sind beide verlegen, immer noch betrunken. Wir ziehen uns umständlich an. Ich weiß nicht, ob es lang genug gedauert hat. Sie tut so, als hätte sie das schon hundertmal gemacht. Ich sehe sie leicht zittern, und das rührt mich.

Ich möchte sie fragen, ob es ihr erstes Mal war, aber ich habe zu große Angst, dass sie »Ja« sagen könnte, und gleichzeitig fürchte ich, dass sie »Nein« sagt. Ich setze mich neben sie. Ich möchte sie wiedersehen. Ich gebe ihr meine Nummer und bin erleichtert, als ich sie lächeln sehe.

Meine Mutter fährt übers Wochenende weg. Ich erzähle es Augustin, und er antwortet: »Dann wohne ich bei dir, oder?« Am Freitagabend leihen wir uns *Top Gun* aus und holen uns was zu essen bei McDonald's. Der Film ist nicht gerade der Hit. Augustin öffnet eine Flasche Scotch. »Alkoholiker«, sage ich zu ihm. – »Das musst du gerade sagen!« Ich lache. Nach dem Film beschließen wir, ein Bad zu nehmen, weil seine Haare schmutzig sind. Wir legen ein Album von Jeff Buckley ein und steigen ins zu heiße Wasser. Er hat einen Joint gedreht. Ich lege einen Fuß auf den Wannenrand, und das Wasser tropft gleichmäßig auf die Fliesen.

Ich sehe ihn an. Das ist so, als würde mir meine eigene Jugend vor Augen geführt. Er reicht mir den Joint. Ich habe gehört, eine der erotischsten Filmszenen soll die sein, in der Robert Redford Meryl Streep in *Out of Africa* die Haare wäscht. Trotzdem muss ich, während ich in der Wanne liege, an Loana und Jean-Édouard denken, wie sie im Pool des Lofts vögeln. Ich sage: »Erinnerst du dich an Loana?«

Er wird ein bisschen wacher, grinst.

»Die war geil.«

Er macht eine kurze Pause: »Die war wahnsinnig geil.«

Noch eine: »Die war der Wahnsinn.«

Ich weiß nicht mehr, warum wir ein Bad nehmen mussten. Ich denke an Clara. Ich sage zu ihm, dass ich sie gern wiedersehen möchte, und er antwortet: »Das ist cool, was?«

Ich kapiere nicht, was er meint. Er merkt es und erklärt: »Na, ficken!«

Ich lache laut. »Ja, das ist cool … Das ist ziemlich cool.«

Er sagt was über ein Mädchen, das er letztes Jahr aufgerissen hat, dann bricht er plötzlich ab und sagt: »Stimmt, das ist echt gut.«

Mir ist klar, dass wir irgendwohin gehen müssen. Ich steige aus dem Wasser, er folgt mir. Er stellt sich vor den Badezimmerspiegel. Er starrt in den Spiegel. Sein Blick wirkt angsteinflößend. Man könnte meinen, er fordert sich selbst raus. Während er sich weiter anstarrt, sagt er: »Heute Abend schleppe ich eine ab, egal wie.«

Er hat keine Klamotten dabei, also leiht er sich welche von mir. Im Taxi erklärt er mir, dass einer seiner engsten Freunde eine Party im »Panic« gibt und dass wir dorthin fahren. Rachel ruft mich an und beschimpft mich, weil ich zu spät bin, aber ich habe keine Ahnung, wovon sie redet, ich erinnere mich nicht, mit ihr verabredet gewesen zu sein. Ich glaube, sie ist bekifft. Sie sagt, dass sie mit Quentin seit einer Stunde vor dem »Pizza Pino« auf den Champs-Élysées wartet. Wir fahren zu ihnen. Sie haben Hunger, und wir gehen ins Restaurant.

Es ist Mitternacht. Augustin dreht einen Joint unter den Augen des Kellners, aber der sagt nichts. Ich trinke mein siebtes Glas Wein, Rachel schmiert sich alle drei

Minuten Balsam auf die Lippen, und Quentin starrt mit angewiderter Miene einen Einbeinigen an, der einen Teller Käsenudeln isst. Keiner hat Hunger, aber gehen will auch keiner. Ich sage zu Quentin, dass er aufhören soll, den Invaliden anzustarren, und er antwortet »okay«, aber er hört nicht auf.

»Verrückt, dass hier noch offen ist«, sagt Rachel.

»Ja, verrückt«, antwortet Augustin, der ohne Grund noch einen zweiten Joint dreht.

»Glaubst du, es kommen noch Gäste? Ich meine, gibt es Leute, die nachts Pizza essen gehen?«, fragt Rachel und versengt die Papiertischdecke mit der Spitze ihrer Zigarette. Quentin, der nicht zugehört hat, antwortet: »Ich verstehe, was ihr sagen wollt«, und dann sagt niemand mehr was, weil wir nicht wissen, wen er gemeint hat, und nicht kapieren, was es da zu verstehen gibt. Nach einer Stunde hat immer noch keiner von uns was zu essen bestellt, und wir verlassen das Restaurant.

Ich bilde mir ein, im »Panic« zu sein. Dabei bin ich nicht im »Panic«, sondern im »Scream«. Ich weiß nicht, ob man uns abgewiesen hat. Das Gefühl, aufzuwachen. Ich stehe mitten auf der Tanzfläche. Ich sehe niemanden, den ich kenne. Ich erblicke einen Typen, der allein hier ist und mir schon ab und zu mal über den Weg gelaufen ist: Pierre. Er sitzt am Promi-Tisch. Er fordert mich auf, mich zu ihm zu setzen. Ich habe längst vergessen, mit wem ich hier bin. Ein Riesenkerl mit Hahnenkammfrisur und Dreitagebart baut sich vor mir auf und versperrt mir den Weg. Ein sturzbetrunkenes Mädchen fängt an zu kreischen: »Wir sind im Paradies!« Pierre packt meine Hand und zieht mich an seinen Tisch. Ich trinke ein paar Gläser zum Wachwerden. Plötzlich stehen alle auf, und ich bin wieder auf den Champs-Élysées. Die Lampen sind zu hell. Der Disney Store wirft grüne und blaue Lichtbahnen auf den Gehsteig, und wer unter ihnen durchgeht, wird selbst sekundenlang grün und blau. Pierre sagt: »Mann, wusstet ihr, dass im alten Griechenland die Helden und Vornehmen auf den elysischen Feldern weilten?«, und jemand antwortet, dass die elysischen Felder in der Hölle waren. Er sagt noch was über einen üblen XTC-Trip, und im selben Augenblick werde ich in ein Auto gestoßen und weiß nicht mal, ob es ein Taxi ist.

Die Autos würden so schnell fahren, dass sie dabei den ganzen Staub ansaugen. Autos ohne Fahrer, vielleicht sogar ohne Lenkrad. Sie würden nur geradeaus fahren. Es würde Opfer geben. Das wäre Schicksal. Eine Zivilisation der Autos, die man nicht mehr unter Kontrolle hätte. Es würde schon bald keine Menschen, keine Häuser, keine Tiere mehr geben, nur noch Autobahnen und Stahlkabinen. Nur noch das Geräusch der Geschwindigkeit. Nur noch schwarzen Qualm und blauen Staub.

Eine Suite im »Lutetia«. Jetzt bin ich hier.

Ein Tisch ist umgestoßen, auf dem Boden liegen angetrocknete Spaghetti. Auf einem Flachbildschirm läuft ein Porno ohne Ton. Ich finde die Szene lächerlich und auch ein bisschen armselig. Eine verwüstete Hotelsuite ohne Rockstar ist ein trauriger Anblick. Ich sage das zu einem Typen, der anscheinend auch gerade erst hier gelandet ist. Er antwortet ruhig: »Red keinen Blödsinn, wir sind alle Rockstars. Du, ich, das Mädchen da. Alle Rockstars.«

Er bricht ab. Sieht mich nicht mehr an. Dann sagt er noch: »Es gibt keine Rockstars mehr. Nur noch uns.«

Er geht weg. Man hat den Wandspiegel abgehängt und aufs Bett gelegt, und ein paar Leute sniffen darauf geräuschlos Koks. Ein Mädchen kommt auf mich zu, fragt mich, ob ich Bruce heiße, und als ich verneine, sagt es »verpiss dich« und zieht ab. Ich habe nicht übel Lust, mich zu verpissen. Nach Hause ist es gar nicht weit, aber das Gehen fällt mir schwer. Ich beschließe, mich ans Fenster zu stellen. Der Typ, mit dem ich vorhin geredet habe, kommt zu mir. Ich schätze ihn auf zwanzig. Er trägt ein zerknittertes Hemd, eine am Hals eingerissene, graukarierte Jacke und Jeans mit Schlammspritzern unten am Saum. Als er nichts sagt, stelle ich mich vor. »Hallo, ich bin Sacha.« Er gibt mir die Hand, »Ich bin Clay«. Er starrt mich an, und etwas an seinem Gesichtsausdruck stört mich. Ich habe das Gefühl, ihn zu kennen, obwohl mir seine Züge kein bisschen bekannt vorkommen. Ich lasse den Blick durchs Zimmer schweifen. Wie ein Film in Zeitlupe.

»Die Leute haben nicht mehr die Kraft, normal zu gehen. Selbst das Koks bringt sie nicht mehr auf Touren«, sage ich zu Clay.

Er dreht sich um und schaut auf Paris. Die Aussicht ist schön. »Die Leute bewegen sich so langsam, weil sie nicht wissen, wo sie hin sollen«, sagt er und schaut zur Straße runter.

Ich antworte: »Du redest Schwachsinn.«

Er lacht kurz, aber sein Lächeln wirkt ernst. »Ach ja? Sag doch mal, wo du jetzt gern wärst, wenn du es dir aussuchen könntest.«

Ich denke nach. Mir fällt kein einziger Ort ein, an

dem ich gern wäre, kein einziger Platz, an dem ich mich wohlfühlen würde.

Er fährt fort: »Ich sag dir was: Du weißt nicht, wo du sein möchtest, weil du so bist wie ich ... wie sie.« Er zeigt mit dem Finger auf die Leute im Zimmer. »Weil du keine Sehnsucht hast, die dich an einen anderen Ort versetzen könnte. Kein Ziel. Deine Vergnügen sind wie Waffenruhen, leicht und schnell zu haben. Du hast alles, und trotzdem stellst du allmählich fest, dass dein Herz leer und dein Kopf voller gewaltsamer Bilder ist, und nur die erinnern dich noch daran, dass du lebendig bist. Übrigens machst du alles, einfach alles, was du tust, um dir zu beweisen, dass du lebst.«

Ich schließe die Augen. Ich weiß nicht, ob ich tieftraurig oder total genervt bin. Ich will Clay antworten, aber als ich die Augen wieder öffne, ist er nicht mehr da. Ich kann ihn nirgends entdecken. Ich frage ein Mädchen nach Clay.

»Was ist denn das für ein Name? Du musst echt bekifft sein!«

Die Kleine verstummt kurz, als sie sieht, wie mir die Gesichtszüge entgleisen, dann wendet sie sich an die anderen im Raum: »Gibt es hier einen Clay?«

Die Leute schütteln den Kopf. Ich lege mich aufs Bett, stoße heftig ein Mädchen beiseite, das gerade koksen wollte, und ziehe mir ein noch nicht präpariertes Häufchen bis auf den letzten Krümel in die Nase. Das Mädchen kreischt: »Mann, ich bring dich um! Das war fast ein halbes Gramm! Scheiße!«

Ich verlasse das Zimmer in dem Augenblick, als jemand mit der Fernbedienung auf MTV umschaltet. Auf der Straße kommt es mir so vor, als wären meine Beine schneller als ich. Ziellos. Die Sonne geht auf, und ich beschließe, in ihre Richtung zu gehen. Irgendwo werde ich schon ankommen.

In Shanghai bilden die Autobahnen Kurven, die sich ineinander schlingen wie große Betonzöpfe. Ich habe pausenlos Playground Lover *gehört und in meinem Hotelzimmer aus dem Fenster geschaut. Das Gebäude gegenüber wechselte ständig die Farbe. Erst blau, dann gelb, dann grün, dann violett, dann rot, dann orange, dann türkis und wieder blau. Ich fühlte mich leer, nutzlos. Der Hoteldirektor, der meine Mutter und mich begrüßt hatte, hat ständig wiederholt, dass man sich in Shanghai nur einmal umzudrehen bräuchte, um ein neues Gebäude zu entdecken.* »*Die Stadt wächst, ohne dass man es merkt.*« *Diese Vorstellung hat mir Angst gemacht. Eine Stadt, in der sich alles verändert, ohne dass man es mitkriegt. Ohne dass man was dagegen tun kann. Die unkontrollierbare Modernität. In Shanghai hat es geregnet. Der Himmel war schwarz, ab und zu sind hellgraue Wolken vorbeigezogen, die wir für Aufheiterungen hielten. Wir sind mit dem Taxi gefahren, haben uns Ziele für unsere Ausflüge gesetzt. Es hat nichts genutzt, die Stadt hat uns völlig vereinnahmt, und wir haben nichts gesehen als die Schatten der Passanten, den dunklen Beton, die schmutzigen Neonlichter. Diese Stadt war brutal, und ich hätte nicht sagen können, ob es warm war oder kalt. An einem Nachmittag, der eher an eine Nacht erinnerte, bin ich allein nach unten auf die Straße vor unserem Hotel gegangen. Plötzlich stand ich vor einer riesigen, mehrstöckigen Spielhalle. Drinnen spielten Kinder, die jünger als ich waren und stierten wie besessen auf Monitore mit grellbunten Bildern. Die Musik war laut, ohrenbetäubend laut. Ich befand mich in der größten Spielhalle Shanghais, vielleicht sogar Chinas. Ich bin zur Theke gegangen, über der eine amerikanische Flagge hing. Eine Chinesin, die sich gerade die Fingernägel lackierte, hat zu mir aufgeblickt und in schwer verständlichem Englisch gefragt:* »What do you want?« *Ich wusste nicht, was ich wollte, also habe ich ein paar Euros aus meinen Taschen gekramt. Die Chinesin hat mich angesehen, und noch bevor ich was fragen konnte, hat sie zu mir gesagt:* »It's useless.« *Etwas an ihrem Tonfall hat mir zu verstehen gegeben, dass sie damit nicht meine Euros meinte. Ich habe gefragt:* »Wie bitte?«, *und sie hat noch mal* »useless« *gesagt. Ich habe die Spielhalle verlassen. Auf den Straßen liefen noch immer die Schatten rum. In Shanghai bin ich keinem Menschen begegnet. In Shanghai waren die Menschen nicht gelb, sondern grau. In Shanghai wurden die Hochhäuser wie von Zauberhand und mit größter Gleichgültigkeit gebaut. In Shanghai gingen Tag und Nacht ineinander über, sodass es mir vorkam, als würde niemand jemals schlafen.* Useless.

Sag mal, weißt du eigentlich, wohin wir fahren?
 Wie so oft verklingt mein Satz in der Stille, in der Nacht oder sonst wo. Ich habe mich noch nie so gut gefühlt wie an diesem Abend, auf dieser einsamen Straße.

»Mein Cousin hat mir seinen Motorroller geliehen«, hat Augustin nachmittags zu mir gesagt. Ich war mir nicht ganz sicher, ob das stimmte.

Alle drei Meter steht eine Straßenlaterne, und jedes dieser weißen Lichter entfernt mich ein bisschen mehr von zu Hause, meinem Bett, meiner Mutter und bringt mich ihm ein bisschen näher. Mir fällt dieser Song von Ryan Adams ein: *When the Star Goes Blue*. Wir sind auf dem Land, wenn auch nicht sehr weit weg von Paris. Um uns herum nichts als Felder. Nichts als endlose grüne Weiten und ab und zu die Umrisse einer Fabrik. Er hält ohne Vorwarnung. Ich sehe ihn an. Heute Nacht sieht er lässig aus. Vielleicht liegt es an seiner Lederjacke. Er zieht sein Zippo-Feuerzeug aus der Tasche und zündet sich eine Zigarette an. Ich muss lachen. Er fragt mich, warum.

»Mach mal halb lang, James Dean. Wir sind nicht in Kalifornien!«

Er steckt mir eine Zigarette in den Mund. Sein

Gesicht wirkt irgendwie ernst. Ganz unbeschwert ist er nie. Wir sind auf dem Land, und die Stille bedrückt mich, wie immer.

Er liest meine Gedanken. »Woher kommt eigentlich diese Angst vor der Stille?«

Wir liegen dort, wo Gras und Asphalt sich berühren. Es ist 3 Uhr 46 morgens. Auf dem Teer wird das Blut schwarz.

Definieren Sie den Punkt, wo alles verschwindet.
»*Nein! Macht es doch selber!*«
»*Wir waren schon dort. Wir haben ihn schon gesehen.*«
»*Wer ist ›wir‹?*«
»*Eine Menge Leute.*«

Jetzt rauche ich eine Zigarette. Er schaut den Himmel an, und es ist, als könnte er hinter die Sterne blicken. Wieso habe ich das Gefühl, dass er weiter, was anderes sehen kann? Ich glaube, er hat diese Gabe und ist immer wieder enttäuscht, dass er hinter den Sternen, hinter allem, nichts Interessantes findet. Dort, wo alles verschwindet, wo das Blut unter der Erde verschwindet, wo die Augen nichts mehr sehen, wo die Unendlichkeit einen Sinn hat, wo zwei ahnungslose Jungen in der Nacht verschwinden.

Als ich an diesem Abend mit Augustin nach Hause komme, erwartet mich meine Mutter in ihrem Zimmer. Ich gehe zu ihr. Sie sitzt an ihrem Schreibtisch, wirkt nervös. Wortlos reicht sie mir ein Blatt Papier. Es ist mein Zeugnis für das zweite Trimester. *Ungenügende Leistungen. Häufiges Fehlen. Die Mitarbeit im Unterricht und zu Hause lässt zu wünschen übrig. Sacha muss sich zusammenreißen, und zwar* schnell. *Falls sich seine Leistungen nicht sehr deutlich verbessern, muss eine Wiederholung der Klasse erwogen werden.*

Mir ist klar, dass sie nicht den Anfang machen wird. Ich lasse den Kopf hängen und sage kleinlaut: »Ich … ja, ich weiß …« Sie starrt mich an, sie ist nicht wütend, nur enttäuscht. Sie erwidert: »Du weißt, du weißt … Was weißt du schon? Weißt du, dass du sitzenbleibst? Weißt du, dass ich mir wie eine Idiotin vorkomme, die unfähig ist, ihren Sohn aufzuziehen?«

Ich schaue aus dem Fenster. Die Sonne steht genau über dem Horizont. »Ich hab in letzter Zeit ein bisschen Mist gebaut …«

Sie starrt mich immer noch an. Ich frage mich, ob Augustin hinter der Tür steht und alles mit anhört.

»Sacha, hier steht, dass du womöglich sitzenbleibst! Das ist eine ernste Sache!«

Sitzenbleiben. Die Klasse wiederholen. Ich würde ihr gern sagen, dass ich mich anstrengen werde, aber das wäre gelogen.

Den Tränen nahe, fährt sie fort: »Ich weiß nicht, was ich tun soll … Ich weiß nicht mehr, was ich tun soll.«

Die Sonne ist auf die andere Seite der Welt gekippt. Dieses Zeugnis – in zehn Jahren werde ich mich nicht mehr daran erinnern. Ich muss mich auf das konzentrieren, was denkwürdig ist. Meine Mutter droht mir halbherzig damit, unsere Ferienreise nach Tunesien zu streichen. Ich weiß, dass sie es nicht tun wird. Es ist alles gebucht. Morgen reisen wir ab, meine Mutter, Augustin und ich.

Er spielt in meinem Zimmer Mario Kart. »Alles klar, Mann? Du siehst nicht gut aus …«

Ich schnappe mir wortlos ein Gamepad, und wir

spielen fast eine Stunde schweigend. Sein Telefon klingelt. Er legt sein Gamepad weg und geht ran. Ich nehme mir vor, das Rennen zu Ende zu spielen. Er spricht mit ganz sanfter Stimme. Donkey Kong und Peach überholen mich. Er legt auf. »Das war Martine. Sie kommt gerade aus der Schule und will mich jetzt treffen.«

Ich starre weiter auf den Bildschirm. Das Rennen ist noch nicht zu Ende. Nur Augustins und mein Auto stehen bewegungslos mitten auf der Strecke.

»Willst du nicht mitkommen?«

Ich verstehe nicht, warum er mich das fragt. Ich sage Ja, ich habe keine Lust, mit meiner Mutter allein zu sein. Ich ziehe nur den Mantel über und rufe: »Maman, ich bin weg. Wir gehen. Es wird nicht so spät ...«

Wir werfen die Tür zu. Sie hatte keine Zeit, zu antworten.

Martine sitzt schon im Café, als wir eintreffen. Sie blickt auf und schaut in unsere Richtung. Sie ist schön. Brünett, hochgewachsen, ausdrucksvoll. Sie hat was Tragisches. Sie ähnelt dem Bild, das ich mir von den alttestamentarischen Prinzessinnen mache: sinnlich, jähzornig und unglücklich. Ihre Augenbrauen sind immer hochgezogen. Sie macht ein enttäuschtes Gesicht. Kein Wunder, bestimmt wäre sie lieber mit Augustin allein gewesen. Ihre Enttäuschung amüsiert mich. Nichts ist so berechenbar wie eine verstimmte Fünfzehnjährige. Ich sollte mir überflüssig vorkommen. Wir gehen zu ihrem Tisch. Sie scheint sich an mich zu erinnern.

»Hallo. Weißt du noch, wer ich bin?«, frage ich.

Sie lächelt, dann antwortet sie schleppend wie jemand, der es satt hat, enttäuscht zu werden, und sich keine Mühe mehr gibt, es zu verbergen: »Ja, weiß ich.«

Sie steht auf und hält mir ihr müdes Gesicht hin, das was von einer geschmolzenen, mit einer dicken Schicht Schminke zugekleisterten Wachskerze hat. Wir küssen uns zur Begrüßung auf beide Wangen. Ekelhaftes Parfum, eine Mischung aus »Addict« von Dior und Erdbeerkaugummi. Aus unerfindlichem Grund entschließt sie sich zu einer bizarren Grimasse: Sie versucht, ihre Nase schmaler und ihre Unterlippe voller wirken zu lassen. Als sie merkt, dass Augustin auf ihre Verführungskünste nicht anspringt, lockert sie ihre Gesichtszüge mit ein paar ausgiebigen Verrenkungen, dann küsst sie ihn. Der Kellner kommt. Ich bestelle eine Cola Light für mich und eine Fanta für Augustin. Er sagt mit einem Lächeln zu mir: »Korrekt, Mann!«

»Nachdem ich nicht zum ersten Mal mit dir im Café bin, weiß ich langsam, was du willst.«

Martine schmollt, traurige Baby Doll in Blue Jeans. Sie redet über Zigarettenmarken, Nachtclubs und ihre angeblich magersüchtige Freundin Carole. Sie ist so interessant wie eine Packung Taschentücher. Ich werfe Augustin einen Blick zu. Im Neonlicht hat seine Gesichtshaut eine unnatürliche Farbe angenommen, als hätte sie das grelle Licht aufgesaugt. Er dreht sich zu mir um und fragt, ob es nicht Zeit ist, zu gehen. Ich antworte heiser: Ja. Er sieht mich vielsagend an, dann steht er auf. Ich selbst stehe nicht gleich auf, ich weiß auch nicht, worauf ich warte, und suche in seinen Augen nach einer Antwort. Er gibt Martine einen Kuss. Ich stehe auf, verabschiede mich von ihr, und wir verlassen das Café. Die Nacht hat ihren Tag längst begonnen. Das gelbliche Licht der Straßenlaternen wirkt fast düster. Manche Bereiche des Gehsteigs sind wie von der Dunkelheit verschluckt. Augustin redet über einen japanischen Actionfilm, aber ich höre ihm nicht richtig zu. Im Bus setzen wir uns nebeneinander. Ohne ihn anzusehen, sage ich: »Sehr helle ist die ja nicht gerade.«

Er antwortet nicht.

»Okay, sie ist geil und so, aber sonst ...«

Bevor ich weitersprechen kann, fällt mir Augustin ins Wort: »Bist du eifersüchtig?«

Seine Stimme klingt tonlos, ohne jede Ironie, ohne Vorwurf.

»Spinnst du? Warum sollte ich eifersüchtig sein?«

Lange sagt er nichts, ich auch nicht, und dieses betretene Schweigen begleitet uns bis in mein Zimmer, wo wir uns wortlos ins Bett legen. Als mein Wecker 23 Uhr 17 anzeigt, gebe ich mir einen Ruck und sage: »Hör mal, Mann, mich juckt es nicht, ob du eine Freundin hast oder nicht. Ich bin nicht eifersüchtig. Ehrlich, du bist mir keine Rechenschaft schuldig... Aber *die* ertrage ich nicht.«

Langes Schweigen, dann die Antwort, ein kaum hörbares Murmeln: »Was soll ich machen? Sie liebt mich.«

»Und du?«, frage ich und kratze mich mit einfältiger, unbeteiligter Miene am Kopf.

Er antwortet nicht sofort. Ich glaube, diese Frage hat er sich noch gar nicht gestellt. Schließlich sagt er mit sanfter, aufrichtig klingender Stimme: »Ich werde gern geliebt.«

Er zündet sich eine Zigarette an und lächelt, mit seiner Antwort sichtlich zufrieden. Ich ringe mich zu einem kurzen Lachen durch. Nach einer Weile steht er auf, zieht sein Handy aus der Manteltasche und hält es mir hin: »Mach, was du willst.«

Ich weiß nicht, ob er es ernst meint. Er nervt, also schreibe ich: *Martine, ich will dich nicht anlügen oder dir was vormachen, drum ist es besser, wir lassen es, ich kann's nicht ändern, danke für alles. Augustin.*

Ich zeige die Nachricht Augustin, dann drücke ich auf »Senden«. Augustin kichert. Zehn Minuten später ist er eingeschlafen.

Am nächsten Morgen wird seine Handybatterie leer sein. Er wird vor unserer Abreise keine Zeit mehr haben, den Akku zu laden. Er kann in Tunesien weder Anrufe noch SMS erhalten. Adieu, Martine.

In dieser Nacht, um 23 Uhr 17, hat Martine einen Selbstmordversuch unternommen. Zuerst wollte sie sich mit ihrer Bastelschere die Pulsadern an den Handgelenken aufschneiden, aber die Schere war mit UHU verklebt und stumpf. Danach hat sie zehn Pillen geschluckt, die sich als Spasmolytikum rausgestellt haben. Sie hat ihr ganzes Zimmer vollgekotzt, und ihre Mutter hat sie in die Notaufnahme gebracht. Seitdem muss sie jeden Dienstag um 17 Uhr 30 zum Psychiater. Aber das alles kann ich nicht wissen.

Am nächsten Morgen lege ich mich nach dem Duschen noch mal im Bademantel zu Augustin ins Bett. Grummelnd fragt er, ob er schon aufstehen muss. Ich beobachte sein Gesicht, suche nach einem Hinweis, dass er sich an gestern Abend erinnert und daran, dass mit Martine Schluss ist. Es ist und bleibt undurchschaubar, unergründlich. Durch seine Vorliebe für Geheimnisse und Lügen ist er mir immer ein Stück über. Er räkelt sich, fährt sich mit der Hand durchs Haar und heftet dann die Augen auf mich, als erwarte er, dass ich was sage. Diesmal werde ich schweigen. Ich will so undurchdringlich sein wie er.

»Es wäre besser, wenn du dich allmählich fertig machen würdest«, sage ich zu ihm, weil ich die Anspannung plötzlich nicht mehr ertrage.

Grinsend steht er auf. Er streift sich das T-Shirt über, das er schon tags zuvor getragen hat. Ich liebe es, wenn er seine schmutzigen Sachen noch mal anzieht. So, als wäre er auf der Flucht. Um die Zeit totzuschlagen, rede ich über Tunesien. Meine Mutter ruft uns, es geht los. Im Auto höre ich *Under the Bridge* von den Red Hot Chilli Peppers. *Sometimes I feel like I don't have a partner.* Neben uns fährt ein Mann in einem roten Auto. Er ist allein und sieht aus, als würde er singen. Man könnte meinen, ein Irrer. Ich begreife, dass er in sein Headset spricht. Am Flughafen kaufen wir Zeitschriften. Augustin liebt *Entrevue*, es ist mir ein Rätsel, warum. Meine Mutter geht sich Pralinen holen. Sie lässt uns allein. Wir reden nicht miteinander.

Schließlich gebe ich mir einen Ruck: »Sag mal, bist du wegen gestern Abend sauer auf mich?«

Er sieht mich an, lächelt. Er hat nur darauf gewartet, dass ich einknicke. Das Lächeln verschwindet aus seinem Gesicht, ich spüre, dass er mir ernst antworten will, aber ich bin beruhigt, weil ich jetzt weiß, dass er die Sache lustig findet.

Er sagt: »Mit deinen Schuldgefühlen musst du allein klarkommen, das ist nicht mein Problem ...«

Ein starkes Stück! Ich lache schallend, und wir klatschen uns ab. Ich glaube, wir haben uns versöhnt. Das Flugzeug rast im hellen Sonnenschein dahin. Das Gefühl, taub zu werden. Die Flugbegleiterin hat hübsche Beine. Der Kapitän einen krassen rumänischen Akzent. Ich schaue aus dem Bullauge. Die Ruhe des Himmels, blaue und weiße Graffiti.

Das Flugzeug setzt auf der Landebahn auf. Naiv, wie ich bin, erwarte ich, dass mir die heiße Luft den Atem raubt, wie ich es so gern mag. Dabei herrscht im Flieger dieselbe Temperatur wie in Tunesien. Wir stapeln unser Gepäck auf eine rostige Karre, die unerträglich quietscht. Am Ausgang heißt uns eine junge Tunesierin willkommen.

»Ich hoffe, Sie hatten eine angenehme Reise«, sagt sie hoffnungsvoll zu uns.

»Ja«, antwortet meine Mutter, »sie verging wie im Flug.«

Das Auto stinkt nach neuem Leder, meine Haut klebt an der Rückenlehne. Ich habe Kopfschmerzen. Die Klimaanlage ist ohrenbetäubend laut. Augustin starrt vor sich hin. Wir kommen an den Ruinen von Karthago vorbei. Ein lächerlicher Steinhaufen, aus der Nähe betrachtet. Meine Mutter sagt, dass wir sie uns unbedingt ansehen müssen. Augustin nickt höflich und dreht sich mit verzweifelter Miene zu mir um. Ich kichere, dann beruhige ich ihn, indem ich ihm klarmache, dass meine Mutter und ich schon seit drei Jahren hierherkommen und noch nie irgendwelche Ruinen besichtigt haben.

Die Hotelhalle ist gigantisch. Alles aus Marmor. Olivenbäume und Pflanzenkübel. Metall, exotische Hölzer und noch mal Marmor. In unserem Zimmer stoßen die beiden Betten fast aneinander. Augustin kramt seine Sachen raus. Er ist schlampig. Nach dem Auspacken geht er duschen. Er zwinkert mir zu. Er macht das immer öfter. Ich folge ihm. Das Wasser ist siedend heiß, erregend. Er küsst mich. Auf den Mund, den Oberkörper, den Nabel. Er bläst mir einen. Ich fahre ihm zärtlich durchs Haar und drücke sein Gesicht an meinen Bauch. Nur noch das Wasser ist zu hören. Nur noch die Hitze des Wassers.

Ich gehe auf die Terrasse, setze mich und rauche eine Zigarette. Das Telefon klingelt. Augustin hebt ab, noch vollkommen nackt. Es ist meine Mutter, die uns sagen will, dass wir uns gleich zum Abendessen treffen. Ich frage mich, ob sie über ihn und mich Bescheid weiß. Ich glaube nicht. Er legt auf und sagt, dass wir nach unten gehen sollen. Er streift sich ein altes T-Shirt mit eingerissenem Kragen über, und ich möchte so aussehen wie er.

Als ich aufwache, schläft er. Der Fernseher läuft noch. Die Razmoquettes flitzen über den Bildschirm. Alkoholflaschen auf den Nachttischen rufen mir in Erinnerung, warum ich Kopfschmerzen habe. Der Ferienbeginn musste schließlich gefeiert werden. Ich gehe ins Bad, um mir ein Ibuprofen zu holen. Als ich ins Zimmer zurückkomme, ist Augustin wach. Wir reden nicht. Ich lege mich wieder ins Bett. Nach einer Weile bittet er mich, den Fernseher lauter zu stellen. »Ich liebe diese Zeichentrickserie«, sagt er und holt sich ein Mars aus der Minibar. Er setzt sich im Schneidersitz und mit zerzaustem Haar aufs Bett. Ich kenne seine Aufwachvisage nur zu gut. Seine glasigen Augen, seinen chronischen Husten, seinen teigigen Mund. Mir kommt es so vor, als würde ich ihn schon immer kennen. Seltsam, dass ich nicht sagen kann, wann genau ich ihn zum ersten Mal gesehen habe. Im Zug hätte ich das Gefühl haben müssen, ihn bereits zu kennen. Ich hatte ihn anscheinend vorher schon mal gesehen. Ich hatte ihn schon mal verpasst. Er zündet sich eine Zigarette an, und beim ersten Zug muss er stark husten. Wenn ich ihm nicht begegnet wäre … Der Zeichentrickfilm ist zu Ende, Augustin hat Lust, ins Hammam zu gehen.

Im Hammam ist niemand. Augustin zieht sich aus. Die Szene wirkt lächerlich vor aufgesetzter Erotik. Er tanzt, und seine Glieder verschmelzen langsam mit dem Dampf. Jedes Mal, wenn er ein Stück zu weit in den dichten Nebel zurückweicht, wird er verschluckt. Ich muss an seine Kapuze denken, die im Zug die Hälfte seines Gesichts verdeckt hat. Ich denke an den Geruch nach Gras, der ihn ständig umgibt. Ich sehe seine stets losen Schnürsenkel über schmutzige Gehsteige schleifen. Ich finde dieses Hin und Her beängstigend. Seine Stimme, die mir das Gefühl gibt, frei zu sein. Und wenn er nie wieder aus dem Dampf auftaucht? Plötzlich sehe ich ihn nicht mehr. Ich höre ihn mit feuchten Lippen ein Lied summen. Ich schließe die Augen. Ich fühle den Stein unter meinen Händen, und es ist, als würde auch ich wider Willen erstarren. Ich höre meinen Atem wie ein Echo. Das Hammam scheint mich zu umschließen. Und wenn ich ihm nie begegnet wäre … Ich kenne seine Kindheit, seine Freunde nicht. Ich öffne die Augen. Er steht vor mir. Er hat kein Gesicht mehr. Meine Arme sind schwer, aber ich muss ihn berühren. Muss mich vergewissern. Ich gehe auf ihn zu. Ich kriege keine Luft mehr. Sein Getänzel wird immer langsamer. Das Hammam umschließt mich ganz, und alles wird schwarz. Ich muss an diesen Satz denken, den ich mal irgendwo gelesen habe. *Der Punkt, wo alles verschwindet.* Alles dreht sich. Ich glaube, ich bin in ihn verliebt.

Ich falle.

Das ist kein Spaß mehr.

Er schreit.

Es klingt schon weit weg.

Er soll sich für mich bewegen, wenn ich meinen

Körper nicht mehr beherrsche, bei ihm sollen sich die Härchen aufstellen, wenn ich Gänsehaut habe. Ich will ein Teil von ihm werden, so nützlich wie eine Hand, so lebenswichtig wie ein Herz. Er ist der Einzige, der mich mitnehmen kann zu dem *Punkt, wo alles verschwindet*. Mit ihm verschwinden.

Ich schlage die Augen auf. Er sieht mich an. Ich liege auf dem Boden. Er steht. Ich schluchze. Besser gesagt, ich heule. Erschrocken fragt er mich, was los ist. Ich höre ihn sagen, dass wir zu meiner Mutter gehen sollten. Auf dem Weg zu ihr starren mich die Leute an. Auch sie haben kein Gesicht. Die Entfernungen kommen mir falsch vor. Ich spüre nur noch Augustins Arm, der mich unter der Achsel stützt. Er klopft bei meiner Mutter an die Zimmertür. Ich höre die Stimmen nur undeutlich. Ich werde aufs Bett gelegt. Der Hotelarzt diagnostiziert eine Panik- und Müdigkeitsattacke mit hohem Fieber. *Wenn eure Augen geschlossen sind, sehen sie am besten*. Ich sehe Augustin mit geschlossenen Augen. Er hat was von einer Statue, die mich anlächelt und mir gut zuredet, die mich dorthin mitnimmt, wo alles verschwindet.

Ich liege in unserem Zimmer nackt auf dem Bett. Die Klimaanlage läuft. Ich habe großen Hunger. Augustin kommt rein. Er hat Croissants und eine Tasse Kaffee dabei. Ich freue mich, ihn zu sehen. »Ich hab unten allein gefrühstückt und mir gesagt, dass du beim Aufwachen bestimmt Hunger hast …«

Ich bedanke mich bei ihm. Ich bin ein bisschen verlegen. »Mann, tut mir echt leid, dass ich uns gestern den Tag versaut habe …«

Statt zu antworten, erzählt er von Greg Basso alias

»Greg le Millionaire«, der laut einer Fernsehsendung, die er gestern Abend gesehen hat, Amphetamine nimmt. Später gehen wir an den Strand. Kaum sind wir dort, sage ich zu ihm, dass mir kalt ist.

»Dir ist doch immer kalt«, erwidert er.

Die Dünen wogen im Wind. Ein rosa und grün lackierter Lastwagen donnert mit Vollgas über den Strand. Er hupt, als er an uns vorbeifährt. Ich muss an den Strand von Deauville denken. Wir legen uns hin, und der Sand deckt uns zu. Außer uns ist niemand hier. Eine Wolke verdunkelt die Sonne. Wir könnten mehr sehen, wenn wir nur die Augen schließen würden. Unsere Schatten breiten sich wie Tinte hinter uns auf dem Sand aus. Er will ans Wasser gehen und es berühren. Pferde ziehen vorüber, Silhouetten wie von einem Leichenzug. Er fragt mich, ob es hier Ebbe und Flut gibt. Ich weiß es nicht. Er läuft zum Meer. Mir kommt es so vor, als würde ich ihn durch ein umgekehrtes Teleskop sehen. Die Sonne geht unter, und es ist, als würde ein Goldklumpen in einen Brunnen fallen.

Abends fahren wir in eine kleine Stadt, Sidi Bu Said. Die Häuser drängen sich, nach Größe gestaffelt, auf dem Hügel, darunter auch Läden, die gefälschte Antiquitäten verkaufen. Wir setzen uns in ein Café hoch über dem Meer. Von oben betrachtet, wirkt es so glatt wie ein ausgebreitetes blaues Laken. Ich muss an einen Song von Led Zeppelin denken: *There's a feeling I get when I look to the west and my spirit is crying for living*. Ich komme einfach nicht dahinter, ob sie »*leaving*« oder »*living*« singen. Weggehen oder leben. Ich würde mir gerne eine Treppe zum Paradies kaufen. Immer wenn ich aufs Meer schaue, habe ich den Eindruck, nicht mehr zu existieren. Ich bin vergänglich, das Meer dagegen ist beständig und endlos. Ich habe das seltsame Gefühl, schon immer zur Sonne, zum Himmel, zur Ewigkeit, zu den Schatten, zu allem, was keine Materie ist, zu gehören. Augustin und meine Mutter unterhalten sich. Er schaut nicht mehr aufs Meer. Ich muss mir jetzt alles einprägen. Die Gerüche, die Gesten, den leichten Wind. Ich sehe Augustin ein letztes Mal an, dann verliert sich mein Blick irgendwo zwischen dem schmutzig-weißen Boden des Cafés und den Wellen.

Augustin schläft noch. Ich habe Lust, mich zu ihm zu legen. Behutsam, um ihn nicht zu wecken, schmiege ich mich an seinen Rücken. Er schlägt zwar die Augen auf, rührt sich aber nicht. Ein missglücktes Remake eines Larry-Clark-Films. Ich lache, erkläre ihm aber nicht, warum.

Später essen wir allein zu Mittag. Meine Mutter gönnt sich einen ganzen Tag voller Anwendungen. Im Diätrestaurant des Hotels tragen die Kellner weiße Kittel. Augustin erzählt einen Witz über eine Krankenschwester und einen Affen, den ich nicht ganz kapiere. Dann sagt er: »Sollen wir nicht wieder an den Strand gehen?«, und obwohl das Wetter nicht schön ist, habe auch ich Lust dazu. Auf dem Weg zum Meer spricht uns ein junger Tunesier an und schlägt uns einen Ausritt vor. Augustin findet die Vorstellung aufregend.

»Bitte, tu es für mich ... Sei nett ... sei cool!«, sagt er zu mir.

Er lässt nicht locker. Ich gebe nach, weil der Tunesier schon anfängt, sich über mich lustig zu machen.

Die Chancen, dass ich den Ritt überlebe, sind gleich null. Auf dem Rücken von Marco, dem alten Esel, sehe ich wie eine Witzfigur aus. Mitten auf dem Strand bleibe ich allein zurück. Augustin und Ahmed (so heißt der junge Tunesier) scheinen sich blendend zu verstehen. Sie sind weit weg. Der Esel macht ein bellendes Geräusch. Plötzlich kriegt er es aus unerfindlichem Grund mit der Angst, wirft mich ab und galoppiert davon. Ich kann ihn nicht wieder einfangen. Er flüchtet von allein zu dem Treffpunkt, den Ahmed genannt hat. Ich entdecke Augustin. Er unterhält sich gerade mit Ahmed, und als er mich kommen sieht, ruft er: »Na, hat's dir gefallen?« Ich sehe ihn an und erwidere knapp: »Ich geh wieder aufs Zimmer.« Er folgt mir nicht.

Ich liege in der Badewanne, und er ist immer noch nicht zurück. Das Wasser ist mittlerweile kalt. Es klingelt an der Tür. Ich ziehe den Bademantel an und gehe öffnen. Er kommt zu mir ins Bad. Er betrachtet sich im Spiegel und zieht sein T-Shirt aus. Er ist leicht verschwitzt. Er hält den Kopf unter den Wasserhahn. Er zieht sich die restlichen Klamotten aus und macht einen Schritt vorwärts, um in die Wanne zu steigen. Ich stoppe ihn, indem ich einen Fuß gegen seinen Bauch stemme.

»Was hast du?«

»Nichts.«

»Wenn du nichts hast, kann ich ja in die Wanne kommen …«

Er macht noch einen Versuch. Ich stoppe ihn wieder.

»Nein! Ich möchte in Ruhe baden, um mich von

unserem Superausritt zu erholen. Von diesem beschissenen Zwangsausritt!«

Er wirkt eher gelangweilt als genervt. Er verdreht die Augen und antwortet: »Ich hab dich nicht ›gezwungen‹, ich hab dich ›gebeten‹, mit mir auszureiten. Und mal im Ernst: Okay, du bist runtergefallen, aber das war doch eher lustig …«

»Mein Arm ist total im Arsch, und du hast dich schiefgelacht, du Idiot!«

Er fährt sich mit der Hand nervös durchs Haar und antwortet, etwas lauter: »Verdammt, ich hab dich nur um einen Gefallen gebeten! Musst du deswegen gleich Mordsstress machen? Okay, du kannst nicht reiten! Was hätte ich denn tun sollen? Ich hatte keinen Bock, dir eine Stunde lang die Hand zu halten, während du Ahmed zur Sau machst.«

Er dreht sich um und steigt in seine Unterhose. Ich bin stinksauer.

»Ich hatte Angst, und dieses Arschloch hat mir nicht zugehört, sondern mit dir rumgeblödelt! Außerdem ist der Typ Analphabet! Er hat die ganze Zeit versucht, das Wort ›California‹ auf meinem T-Shirt zu lesen, aber er hat es nicht geschafft.«

Er kontert schnaubend: »Und du bist ein Intellektueller, was? Das ist mir neu! Komm wieder runter, Sacha! Nur weil du die Rolling Stones hörst, in der Nähe vom Café de Flore wohnst und schon mal Bernard-Henri Levy auf der Straße gesehen hast, bist du noch lange kein Intellektueller!«

Ich richte mich in der Wanne auf und stelle mich vor ihn. Er macht einen Schritt auf mich zu, als wollte er mich schlagen. Ich höhne: »Ich lach mich tot! Hör auf, einen auf cooler Macker zu machen! Nur weil du

NTM hörst und Spliffs rauchst, bist du noch lange kein Schläger! Du willst mir eine reinhauen? Das traust du dich nie!«

Er weicht zurück. Er zieht sich an. Er sagt: »Ich mag es nicht, wenn du hysterisch wirst! Du redest dann nur scheiße! Ich zieh Leine!«

Er geht aus dem Bad. Die Zimmertür knallt. Ich strecke mich in der Wanne aus. Das Wasser ist jetzt eiskalt. Ich verlasse das Bad. Ich zünde mir eine Zigarette an, drücke sie aber gleich wieder aus. Ich komme mir irgendwie lächerlich vor. Ich beschließe, ihn suchen zu gehen. Er ist am Strand. Er liegt auf einem Liegestuhl und raucht. Ich setze mich neben ihn und weiß nicht recht, was ich außer »Tut mir leid...« sagen soll. Er hält mir einfach seine Zigarette hin. »Friedenspfeife«, sage ich. Er antwortet lächelnd: »Ja...« Eigentlich ist es keine Zigarette. Ich frage ihn, woher er den Shit hat. Er antwortet, dass Ahmed neben den Ausritten noch eine Einnahmequelle besitzt. Ich strecke mich aus. Ich betrachte den Himmel. Es sind nicht viele Sterne zu sehen. Seltsam zärtlich sagt er zu mir: »Du bist eine echte Nervensäge...« Ich habe mal gehört, wenn man einen Stern längere Zeit anstarrt, verschwinden alle anderen. Einen Stern fixieren, und alles verschwindet. Einen Stern fixieren, und nichts hat mehr Bedeutung. Ein Stern bewegt sich. Das ist unmöglich. Ohne den Stern, der langsam über den Himmel wandert, aus den Augen zu lassen, sage ich: »Ich liebe dich.« Schweigen macht sich breit. Er antwortet mir nicht. Ein paar Sekunden später. Der Stern ist nur ein Satellit. Immer noch Schweigen. Ich habe noch nie eine Sternschnuppe gesehen. Er zieht mir das T-Shirt aus. Schiebt meine Hose runter. Ich konzentriere mich auf einen Stern, den strahlendsten. Nichts hat mehr Bedeutung. Er bläst mir einen. Es hat keine Bedeutung. Ich ejakuliere. Er zündet den Joint wieder an. Jetzt starre ich nicht mehr den Stern an, sondern ihn. Er hat mir nicht geantwortet. Wir gehen zurück aufs Zimmer. In der Hotelhalle ist niemand. Wir legen uns ins Bett. Wir tun so, als würden wir schlafen.

Du sagst, das Leben ist ein Spiel, aber du willst nicht verlieren.

Er isst auf einem Liegestuhl ein Eis am Stiel. Die Schokolade schmilzt rund um seinen Mund, er schmiert sie überall hin. Getrocknetes Blut, könnte man meinen. Der Himmel hat dieselbe Farbe wie die Sonne. Heute Morgen haben wir die Minibar geplündert. Augustin wollte, dass wir seine Abreise feiern. Die Luft riecht leicht nach Jasmin. Ich bin sicher, das kommt vom Reinigungsmittel. Er steht auf, um im Restaurant auf der anderen Seite des Pools was zu bestellen. Ich beobachte ihn. Lange Palmen wiegen sich langsam hinter ihm. Graphisch. Er springt ins Wasser. Er verschwindet für ein paar Sekunden, dann taucht er wieder auf. Er kommt zurück und legt sich wieder auf seinen Liegestuhl. Ich schaue die kitschigen, gelbroten Sonnenschirme an und denke, dass es wirklich schön wäre, sie alle gleichzeitig davonfliegen zu sehen. Ich sage: »Du hast mir gestern Abend nicht geantwortet.« Er tut so, als hätte er es nicht gehört. Ich schaue dem Aschenbecher nach, der auf den Boden gefallen ist. Die Zigarettenstummel rollen langsam davon. Ich sage: »Weißt du, das ist nicht schlimm … Es ändert nichts.« Er sieht mit einem Mal sehr traurig aus. Der Tag geht zu Ende, und es wird kühler. Er sagt: »Weißt du was?« Der Kellner bringt zwei Piña Coladas. Ich schließe die Augen. Ich muss an eine tote, von der Sonne ausgedörrte Eidechse denken. Ich trinke einen großen Schluck, und davon wird mir übel. Ich öffne die Augen. Er hat seine Sonnenbrille aufgesetzt. Einen Augenblick lang sieht er aus wie mein Vater. »Ich liebe dich, und das geht mir echt auf den Sack«, sagt er. Ich glaube, ich war zu lang in der Sonne. Ich sage: »Mir wird allmählich kalt, sollen wir nicht lieber hochgehen?« Ich habe große Lust auf eine Zigarette, aber nicht die Kraft, mir eine anzuzünden. »Das ist ein Spiel, Sacha, und ich möchte, dass wir weiterspielen.« Die Sonne ist jetzt ganz weg. Am Pool ist niemand mehr. Ich sage noch mal: »Mir wird allmählich kalt.« – »Dir ist doch immer kalt.«

Nach den Ferien gehe ich nur noch jeden zweiten Tag zum Unterricht. Ich kaufe Gras. Ich rauche mit Augustin. Ich sehe mir Filme an. Ich rauche mit Violette und Quentin. Jeden zweiten Tag gönne ich mir Urlaub. Ich rauche mit Augustin und Rachel. Ich kaufe mir eine Militärjacke. Ich gehe auf eine Party. Ich trinke Malibu mit Kokosgeschmack. Ich beschließe, wieder zum Unterricht zu gehen. Zimmer 213. Ich frage mich, warum ich mich entschieden habe, mit Latein weiterzumachen. »Das wird dein Französisch verbessern, du wirst keine Fehler mehr machen.« Von wegen. Ich schiebe Flora einen Zettel hin: »*Findest du nicht auch, dass die Lehrerin wie Keith Richards aussieht?*«

Flora lacht zu laut, und Madame Célestin schnappt sich den Zettel vom Tisch. Sie fängt an zu kreischen: »Raus! Raus mit dir, du Schwachkopf! Such doch da draußen nach Mick Jagger!«

Ich muss bestimmt vor den Disziplinarausschuss. Letzte Woche hat mich meine Leistungsberaterin gefragt, ob ich vorhabe, weiter zur Schule zu gehen: »Wenn Sie nachrechnen, werden Sie feststellen, dass Sie nicht mal jeden zweiten Tag kommen.« Ich glaube, sie übertreibt. Ich weiß, dass ich auf Probleme aus bin, ich weiß, dass ich zuhören sollte. Ich weiß alles Mögliche. Meine Mutter verbietet mir mittlerweile, weiter blauzumachen. Ich muss mich anstrengen. Ich kann es schaffen. Kommt nicht infrage, die Schule abzubrechen. Was für eine absurde Idee!

Im Restaurant weint ein Mann. Er macht keinen Hehl daraus. Er schluchzt inmitten von denen, die nicht weinen. Die Leute tun so, als bemerkten sie es nicht. Ich auch. Heute hat mein Vater Geburtstag, aber ich weiß nicht, wie alt er geworden ist. Meine Schwester und mein Bruder sind auch da. Ein alberner Typ singt *Careless Whisper*. Genauso gut hätte man eine CD einlegen können. Mein Vater sagt: »Ein schönes Lied«, und meine Schwester antwortet: »Sehr schön.« Es fehlt nicht viel, und er fordert sie zum Tanzen auf. Mein Bruder hängt am Telefon, er macht *Geschäfte*. Mein Vater sagt: »Wie ich mich freue, meine Kinder heute Abend um mich zu haben.«

Es klingt nicht mal geheuchelt. Er freut sich offenbar wirklich. Gestern sind Augustin und ich in die Rue de Rivoli gegangen. Wir wollten bei Dolce & Gabbana vorbeischauen. Das Geschäft hatte geschlossen, aber die Nougat- und Süßigkeitenverkäuferin, die ihren Stand vor dem Laden hat, besaß einen Schlüssel. Sie hat uns angeboten, uns reinzulassen. Wir fanden das merkwürdig und sind zu den Tuilerien weitergezogen. »Anscheinend gehört ihr der Laden«, hat Augustin lachend zu mir gesagt. Wir haben uns auf eine Bank gesetzt. Wir sind gern draußen. Zu Hause fällt uns die Decke auf den Kopf. Wir sind auch gerne zu Fuß unterwegs. Es wurde dunkel, und wir sind ziellos durch Straßen gelaufen, deren Namen wir nicht kannten. Irgendwann standen wir plötzlich vor einer winzig kleinen Kirche. Wir haben einen Joint geraucht. Das war die natürlichste Sache der Welt. Anschließend haben wir uns einen Film in einem Kino auf den Champs-Élysées angesehen. Danach hatten wir Mordshunger, aber das McDonald's in der Rue Soufflot macht erst um acht Uhr auf. Wir haben uns auf die Stufen des Panthéons gesetzt. Mir ist der Name von Victor Hugos Tochter nicht mehr eingefallen, die sich in der Seine ertränkt hat. Das McDonald's hat aufgemacht, und wir haben Pancakes gegessen, während ein paar Typen mit Wischlappen um unsere Füße rumwedelten. Léopoldine. Der Himmel war so grau, dass die Sonne nicht richtig durchkam. Wir sind zu mir gegangen. Ich musste um 19 Uhr aufstehen, weil mein Vater Geburtstag hat.

Der Kellner fragt uns, ob wir aufgegessen haben. Mein Vater mag keinen Kuchen, also bringt man ihm statt Geburtstagskuchen einen Obstsalat. Er sieht glibberig aus.

Heute Morgen ist mir eingefallen, dass ich vergessen habe, ihm ein Geschenk zu kaufen. Ich habe mein Zimmer nach was Brauchbarem durchwühlt. Ich dachte an meine alte Ausgabe von *Lolita*. Das ist der erste Roman, den ich gelesen habe. Auf dem Einband meines Exemplars sind der Schatten eines Mädchens und riesige schwarze Hände zu sehen, die nach der ahnungslosen Kleinen greifen. Im Buch habe ich Spuren hinterlassen, ich habe es mit Kommentaren vollgekritzelt. Er wird es hassen. Ihm gefällt sowieso nichts. Ich habe mir gesagt, dass ich ihm vielleicht ein paar Zeilen schreiben sollte. Ich hatte aber nicht genug

Zeit, also habe ich nur »Alles Gute zum Geburtstag« auf das Päckchen geschrieben. Mehr hatte ich wohl auch nicht zu sagen.

Clara hat mir eine SMS geschickt. Nach all der Zeit hätte ich nicht gedacht, dass sie mich wiedersehen will. Wir haben uns in einem Café auf dem Boulevard Saint-Michel verabredet. Als sie mit den üblichen zehn Minuten Verspätung eintrifft, finde ich, dass sie wirklich hübsch ist. Man sieht ihr an, dass sie den ganzen Vormittag damit zugebracht hat, sich herzurichten. Sie ist ein bisschen ungeschickt, aber sehr aufwendig geschminkt, ihre Kleidung lässig, aber aufeinander abgestimmt. Sie scheint sich nicht daran zu erinnern, dass wir vor nicht allzu langer Zeit »eins« waren. Sekundenlang befürchte ich, sie könnte es vergessen haben. Wir stellen uns die typischen Fragen. Sie bittet mich um eine Zigarette, und ihr Blick wird hinter dem blauen Dunst eindringlicher. Sexy zu sein bedeutet, sich eine Zigarette anzünden zu können, ohne den Gesprächspartner aus den Augen zu lassen. Ich mag es, wie ihre verkrampften Finger den rosa Strohhalm in ihrer Cola halten, und ich mag es auch, wie sich ihre Brust vorwölbt, wenn sie einen großen Schluck trinkt. Ich mag es, dass sie verschüchtert ist. Als die Rechnung kommt, wartet sie darauf, dass ich vorschlage, sie zu übernehmen. Ich hätte sie noch schöner gefunden, wenn sie die Rechnung spontan genomnmen und bezahlt hätte. Ich begleite sie zur Metro. Es regnet. Ich werde sie bestimmt küssen, sie wartet nur darauf und ich auch. Sie sagt: »Ich möchte dich wiedersehen ...« Ich antworte: »Ruf mich an ...« Unsere Blicke treffen sich, und sie fängt an zu lachen. Im ersten Moment versuche ich noch, ernst zu bleiben, aber dann lache ich auch und frage: »Magst du Klischees?«

»Ja ...«

Ich küsse sie im Regen, während sie weiterlacht. Ich werde sie anrufen.

Wir sind bei mir. Wir hängen ab. Wir warten darauf, dass was passiert. »Ist kein Wodka mehr da?«, fragt er, und ich breche in schallendes Gelächter aus. Er schaltet den Fernseher ein. Auf Canal+ läuft der Samstagsporno. Er fängt an zu wichsen, ich auch. Ich hole eine Flasche Wein.

Augustin sagt: »Ich werde langsam müde, willst du mir nicht zur Hand gehen?«

Die Darstellerin im Film schreit vor Lust, Augustin grunzt. Ich zünde mir eine Zigarette an, Augustin trinkt einen Schluck aus der Wodkaflasche, die sich hinter einem Stapel alter Zeitschriften versteckt hatte. Mein Handy klingelt. Mein Klingelton ist *We Go Together* aus Grease. Ich beschließe, nicht ranzugehen, ich erwarte keinen Anruf. Ich gehe den Fernseher ausschalten, und als ich zum Sofa zurückkomme, ist Augustin schon eingeschlafen. Auf seinem weißen Hemd ist ein Rotweinfleck. Es sieht aus, als würde in seiner Brust eine Wunde klaffen.

Ich liege im Wohnzimmer auf dem Sofa. Die Tour Montparnasse sendet ihr Licht in die feuchte Nacht.

Sämtliche Spuren der Ausschweifung sind nun getilgt. Sogar der Geruch des auf dem Teppich verschütteten Wodkas hat sich verflüchtigt. Auch die krassen Bilder aus dem Porno sind weit weg. Alles ist jetzt sanft, ruhig, kindlich. Augustin schläft Kopf an Fuß neben mir. Ich will nicht wissen, wie spät es ist. Zwischen Mitternacht und sechs Uhr morgens ist es manchmal besser, sich einfach treiben zu lassen. Er schlägt die Augen auf. Er wird mich was fragen, und um ihn daran zu hindern, küsse ich ihn. Das Fenster steht offen, ich spüre Regentropfen in meinem Nacken. Ein angenehmes Gefühl. Irgendwann zwischen Mitternacht und sechs Uhr morgens schlafe ich mit Augustins Kopf auf meiner Schulter wieder ein.

Ich habe mich mit Violette in einem libanesischen Restaurant zum Mittagessen getroffen. Wir haben über den Zweiten Weltkrieg, Justin Timberlake und Gott gesprochen. Ich war geknickt, weil ich mich mit meinem Vater treffen musste. Ein Abendessen zu zweit. Meine Mutter hatte ihn gebeten, mit mir zu reden, weil ich »zurzeit zu viel Mist« baue.

Als ich zu ihm komme, trinkt er gerade einen Martini. Ich glaube, er ist schon leicht betrunken. Er schlägt einen sanften Ton an. Macht einen auf verständnisvollen Papa. »Wo drückt denn der Schuh, Sacha?«

Ich antworte nicht, ganz einfach deshalb, weil es mir sehr gut geht. Er schenkt sich noch ein Glas ein.

»Ich spüre doch, dass ein Mädchen dahintersteckt, oder täusche ich mich? Weißt du, in dem Alter machen sie uns das Leben schwer …«

Er tut mir leid, deshalb falle ich ihm ins Wort: »Nein, Papa, das ist es nicht. Ich schwöre es.«

Er lässt sich nicht bremsen: »Ich war auch mal jung. Und ich war auch nicht gut in der Schule. Aber du … Du bist intelligenter als ich. Du musst dich reinknien. Nur ein bisschen, das würde schon reichen …«

Wir gehen zum Essen in die Küche. Er hat Nudeln gekocht und scheint stolz auf sich zu sein. Ich habe keinen Hunger, zwinge mich aber zum Essen. Danach erkläre ich mich bereit, den Tisch abzuräumen. Er geht zurück ins Wohnzimmer. Als ich ihm wenig später folge, sitzt er im Dunkeln. Es riecht nach Lavendel. Ich betrachte ihn in seinem Sessel, er sieht müde aus. Ich setze mich ihm gegenüber. Er sagt: »Weißt du, ich habe den Mai 68 verpasst. Ich war nicht in Paris, als sie die Wolken platzen ließen.«

Ich verstehe nicht ganz, was er mit »die Wolken platzen lassen« meint. Ein schönes Bild.

»Und wo warst du?«

»In Israel. Ich habe es mir gut gehen lassen, hatte Freunde und noch das ganze Leben vor mir. Ich war jung. Als ich jung war ... Egal, ich habe mir immer gesagt, dass ich nichts verpasst habe. Und willst du wissen, warum? Weil unter dem Pflaster kein Strand war. Unter dem Pflaster war nichts. Gar nichts.«

Er macht eine Pause. Er schließt das Fenster. Er starrt vor sich hin, dann fährt er fort: »Du wirst sehen, Sacha, eines Tages wirst du in diesem Sessel sitzen. Und dann wirst *du* Bilanz ziehen.«

Er ist wirklich betrunken. Ich habe Lust, ihm zu antworten: Ja, du warst jung, Papa, aber dein Leben ist gelaufen. Es besteht nur noch aus Erinnerungen. Dein Leben existiert nicht mehr. Und du, du lebst von Erinnerungen. Du erinnerst dich, um besser vergessen zu können. Glaubst du, du bist der Einzige, der gemerkt hat, dass das Leben kurz ist? Das gilt doch für alle. Du glaubst, du bist der Einzige, der aufs Ende wartet, dabei stehen alle brav Schlange.

Ich sehe ihn vielsagend an und hoffe, dass er mich auch ohne Worte versteht. Er ist heute Abend so weit weg. Bei welchem Fest heißt es noch »heute Abend ganz besonders«? Beim Pessachfest, glaube ich. Sagen wir also, heute Abend ist er ganz besonders weit weg.

»Ich möchte nach Hause, Papa …«

Sein Blick wirkt traurig und resigniert. Ich glaube, er möchte mich gerne zurückhalten, möchte, dass ich bei ihm übernachte. Er möchte die Scherben kitten. Aber er weiß, dass es dafür zu spät ist.

»Ich rufe dir ein Taxi.«

Nachts gibt es in Paris ab einer gewissen Uhrzeit nur noch Schatten. Nichts als Schatten, die sich auf dem grauen Pflaster abzeichnen. Wenn ich allein bin, habe ich Angst vor Schatten. Das ist ein Problem, weil ich in letzter Zeit vor allem nachts unterwegs bin. Deshalb gehe ich unter Menschen. Wir sind auf dem Pont des Arts. Ein Tohuwabohu aus Tönen und Klängen bringt die Brücke zum Beben. Augustin hat zwei kleine Flaschen Poliakov mitgebracht, eine für ihn, eine für mich. Er reicht mir eine. »Hier, der Wodka für die Armen!«

»Ich hoffe, diesmal hast du ihn nicht geklaut!«

Er lacht. Ich leere meine Flasche erstaunlich schnell. Jemand reicht mir Rum, und kurz darauf habe ich das Gefühl, auf einem Dachfirst zu balancieren.

Clara hat sich zu stark parfümiert. Das nervt mich. Ab und zu löst sie ihre Augen vom Fernseher und wirft mir einen Blick zu. Ich küsse sie zuerst auf die Wange, dann auf den Hals. Ich packe sie fest an den Hüften, ich habe alles im Griff. Sie wehrt sich ein bisschen, zum Schein. So könnte ich mit Augustin nie umspringen. Clara kann ich voll und ganz beherrschen, scham- und rückhaltlos. Ich mag es, stärker als sie zu sein, ich mag es, sie an mich zu pressen. Außerdem leben wir diese Beziehung vor den Augen der anderen, fern der Nacht, in die Augustin und ich mich flüchten. Wenn ich Clara auf der Straße küsse, küsse ich gleichzeitig alle, die uns zuschauen. Ich habe ihr noch nicht mein wahres Gesicht gezeigt, habe den Verführer gespielt. Mit ihr zusammen zu sein ist wie einen Preis für den besten Darsteller zu erhalten. Es ist eine persönliche Befriedigung. Und da ist noch was: die Begierde, die ich spüre, wenn ich sie berühre. Es gelingt mir nicht, Augustin genauso zu begehren. Wir müssen uns notgedrungen zurücknehmen. Ihm kann ich nichts vorspielen. Ich muss ich sein. Clara könnte ich in allen Cafés der Welt küssen, ich könnte sie vor allen Metroeingängen von Paris in die Arme schließen. Ich könnte beschließen, mit ihr zusammenzuleben, könnte sie meinen Eltern vorstellen, sie heiraten, mit ihr Kinder kriegen.

Sie fragt mich, warum ich so abwesend wirke. Ich sage, dass ich über sie nachdenke, was nur halb gelogen ist. Alles, was sie von mir erwartet, ist Zärtlichkeit. Ich mache mich daran, ihre Brüste zu streicheln. Sie sind ziemlich groß. Sie legt sich aufs Sofa, und schon bin ich über ihr. Ich schiebe ihren Rock hoch. Ich ziehe ihr Höschen aus, und sie seufzt. Ich reibe sie. Ihre lustvollen Grimassen nerven mich. Sie trägt zu dick auf, macht es so, wie man es ihr gesagt hat, wie im Film. Ich wandere mit dem Gesicht an ihrem Bauch nach unten und fange an, sie zu lecken. Und wenn ich mit ihr schlafe? Ich glaube nicht, dass sie will. Ich höre auf zu lecken und knöpfe meine Hose auf. Sie sieht mich an und sagt mit zitternder Stimme: »Ich weiß nicht, ob ich ... Ich will nicht ...« Ihr verschrecktes Gesicht nervt mich. Ich will, dass sie mit diesem Theater aufhört, dass wir beide damit aufhören. Sie nimmt meine Hände. Sie ist eine spießige Zicke, die auf Hure macht. Ich habe meine Lolita verloren. Vor mir ist nur noch eine kleine, x-beliebige Clara, die aussieht wie alle anderen Mädchen mit ganz passabler Figur. Ich stehe auf und gehe. Auf dem Treppenabsatz holt sie mich ein. Sie weint fast: »Bitte warte, geh nicht einfach so!« Ich antworte trocken: »Ich bleibe nicht umsonst.« Sie sagt: »In Ordnung.« Sie kniet sich hin, zieht meine Jeans runter und macht sich daran, mir einen zu blasen. Dabei verzieht sie das Gesicht. Sie mag es nicht. Ich entziehe mich ihr. Ich schaue ihr direkt in ihre verschreckten Vogelaugen und sage: »Ich geh jetzt, Clara, und sei bloß nicht sauer auf mich. Mein Abgang liefert dir und deinen Freundinnen Gesprächsstoff für Monate. Ich werde derjenige sein, der dir das Recht gibt, zu behaupten, dass Männer Schweine sind, der dir die Möglichkeit verschafft, Musik zu hören und dabei zu heulen. Ich freue mich, dass ich der erste Scheißkerl bin, der dich ohne Grund abblitzen lässt. An mich wirst du dich wenigstens erinnern.«

Ich würde bleiben, wenn sie lachen würde. Stattdessen schlägt sie nach mir und kreischt, ich soll abhauen. Ich mache, dass ich die Treppe runterkomme, und lasse sie auf Knien zurück. Auf der Straße fühle ich mich mies. Ich rufe Augustin an. Clara wird mich eine Woche lang bedrängen. Ich muss gestehen, dass ich ein schlechtes Gewissen habe. Ich werde ihr eine SMS schicken und mich entschuldigen.

Madame Loudeu kommt aus dem Klassenzimmer geschossen wie der Springteufel aus seiner Schachtel. Sie begrüßt meine Mutter sehr höflich, dann wendet sie sich mit eindeutig geheucheltem Mitleid an mich. Mit den großen schwarzen Augen und dem kurz geschorenen Haar sieht sie aus wie eine Ameise. »Sacha, seit Monaten warnt der gesamte Lehrkörper dich immer wieder.«

Ich antworte nicht.

»Ich muss daraus schließen, dass du nichts für die Schule tust, richtig?«

Meine Mutter wirkt sehr betroffen. Wenn ich den Mut hätte, würde ich zu Madame Loudeu sagen, dass sie mich mal kann. Ich würde zu ihr sagen: »Wissen Sie was, Madame Loudeu? Sie kotzen mich an.« Einfach so, ganz ruhig.

Sie fährt fort: »Du weißt, dass man in Betracht zieht, dich die Klasse wiederholen zu lassen?«

Als ich wieder nicht antworte, schaltet sich meine Mutter ein: »Das wissen wir, Madame Boudeu.«

Scheiße, manchmal ist meine Mutter echt bescheuert.

»Loudeu mit L, wie Lampe«, erwidert meine Mathelehrerin knapp.

Im Auto sagt meine Mutter, den Tränen nahe, zu mir: »Ich verstehe dich nicht mehr. Ich verstehe nicht, warum du dich nicht anstrengst. Versprich mir, dass du dir mehr Mühe gibst.«
Ich verspreche es.
»Maman, kannst du mich bei Augustin absetzen?«
Ich weiß, dass ich zu weit gehe, aber sie sagt bestimmt nicht Nein.
Sie fragt: »Warum?«
Ich antworte: »Ich möchte mit ihm lernen. Er ist in Mathe besser als ich, er wird mir bei der Vorbereitung auf die Arbeit nächsten Mittwoch helfen.«
Meine Mutter glaubt mir zwar nicht, aber sie gibt nach. Bevor ich aus dem Auto steige, fasst sie mich am Arm und sagt: »Ich liebe dich, Sacha, und ich weiß, was in dir steckt. Pass auf dich auf, reiß dich zusammen ...«
»Ja, Maman, ich hab's dir doch versprochen ...« Ich werfe die Autotür zu.
Augustin raucht gerade einen Joint. Er scheint nicht überrascht, mich zu sehen. Wir essen zu Abend, reden über dies und das. Wir spielen eine Partie »Dead or Alive«. Er dreht sich gerade den nächsten Joint, als ich ihn frage: »Hast du morgen Unterricht?«
»Hm, kommt drauf an ...«
Ich antworte lachend: »Ach ja? Und worauf?«
Er hat fertig gedreht. »Na, ob wir schlafen oder nicht.«
Ich begreife, dass ich morgen nicht zur Schule gehen werde, und die Vorstellung macht mir zu schaffen. Er merkt es und fragt mich, was mit mir los ist.
»Ich weiß nicht ... Ich hab das Gefühl, Mist zu bauen, neben der Spur zu sein. Ja, am Leben vorbei zu

leben … Ich weiß nicht, ob du das verstehst … So lange kennen wir uns noch nicht. Bevor ich dich kennengelernt habe, war ich nicht so …«

Er unterbricht mich: »Wie denn?«

»Keine Ahnung, jedenfalls bin ich nicht ständig ausgegangen …«

Er grinst. »Wenn dir das zu schaffen macht, gehen wir eben weniger aus. Ich kenne dich, Sacha, das ist nur ein kleiner Stressanfall nach der Elternsprechstunde in der Schule. Nichts Schlimmes.«

Er hat bestimmt recht. Er sagt: »Ich werde dir zeigen, wie gut ich dich kenne.«

Er küsst mich und beißt mir in die Lippe.

In jener Nacht …

Harte Blicke, harte Glieder, stundenlanges Glück, glückliche Zufälle an meiner Wange, jetzt ist es ernst. Ich kenne deinen Körper, wie oft noch Körper an Körper. Sinnlich und sinnlos … bitte eine Pause, Zigarettenpause. In jener Nacht war es, als wollte der Qualm unsere Blicke verhüllen, die im Dunkeln nach den Kettenreaktionen des anderen Angeketteten forschten. *Nur noch zwei Kippen. Los. Sag nichts, nichts zu machen. Los geht's. Kommunizierende Röhren, in deinem Mund, dein Mund, der sich zerreißt, zerreißt meinen Rücken. Ich habe dich zum Glühen gebracht. Stundenlang …* Er war ein erstes Mal gekommen, schien seine Bewegungen nicht mehr unter Kontrolle zu haben. Ich war noch längst nicht k.o., sagte o.k. *Okay, noch einen Tanz. Hip hop hop, sachte, ich habe keine Angst, wenn sich mein Herz am Rand deiner Kehle befindet. Wache Sinne, der Wecker zeigt 4 Uhr 54. Bist du müde? Ich auch nicht. Noch eine Runde? Boy, ready? Sag mal, glaubst du, man hält das ewig durch?* In jener Nacht … *6 Uhr 10 … Ende offen, nimm mich ganz.*

Deine Fingernägel in meinen Handflächen, sie graben sich rein wie Rasierklingen, die schmerzlos das Gewebe zerreißen, und das Blut fließt leise über die weißen Steppen. Ändert das nichts, sag? Sag mal, verändern wir uns nicht? Der Schlaf hat keine Chance. Ich weiß nicht mehr wie viele Runden ... Das war's, du klappst zusammen, rollst mit eingezogenem Kopf zur Seite. Bei drei bist du ausgezählt, ich bin empty, in Embryonalstellung. Es ist acht Uhr, du schläfst ein. So ist das.

Ich treffe mich mit Quentin auf einen Kaffee. Es ist drei Uhr nachmittags, und ich merke ziemlich schnell, dass er blau ist. Das Café ist eine Bruchbude. Keine Fenster, keine Gäste. Quentin ist normalerweise blond, aber seine Haare sind heute so schmutzig, dass sie rotbraun wirken. Ich habe keine Lust, ihn auf seinen Zustand anzusprechen. Ich weiß, dass seine Antwort finster ausfallen und mir extrem auf die Stimmung schlagen würde. Ich glaube, er hat die Schule geschmissen und seine Eltern haben ihn rausgeworfen. Also hängt er rum. Er ist einer von den Typen, die man überall trifft, die alle Welt kennen. »Hast du 'ne Kippe für mich?«, fragt er mich und schaut mir etwas zu direkt in die Augen. Er ist einer von den Typen, die nie Geld haben. Er überlegt die ganze Zeit, wie er bei wem was schnorren kann. Ich eröffne das Gespräch.
»Und, gibt's was Neues?«
»Geht so.«
Er ist einer von den Typen, die von sich aus nie Fragen stellen. Eigentlich ist er ziemlich unhöflich.
»Was machst du zurzeit?«
»Ich komponiere mit meiner Band.«
Ich wusste gar nicht, dass er eine Band hat. Ich überlege, ob er auch bekifft ist.

»Welches Instrument spielst du?«
»Gitarre.«

Der Kellner kommt. Quentin bestellt ein Glas Wein. Im hinteren Teil des Cafés fällt mir jetzt eine alte Frau auf, die wie besessen in ein kleines Heft kritzelt. Sie sieht aus wie eine Irre.

»Spielst du auch Gitarre?«
»Nein, Klavier.«

Er hört mir nicht zu. Ich weiß nicht, warum er mich angerufen hat. Vielleicht weil er weiß, dass ich ihm was zu trinken spendieren werde. Wenn man ihn ansieht, hat man ein Gefühl von Leere, von Ziel- und Planlosigkeit, als existiere er nicht wirklich. Bei der Vorstellung wird mir ganz anders. Ich sehe, dass er ein Heft in der Hand hält. »Was ist das?«

Er hält es mir hin.

Ich schlage in den Stern.
Mir schmerzt die Hand.
Ich trinke Blut.
Ich bin mein höchstes Gut.
Ich schlage in den Stern.
Mir schmerzt die Hand.
Blut fließt auf die Sterne.
Und Blut fließt unter die Sterne.
Einfach weiter, keine Fragen.
Meine Hand schmerzt vom Schlagen.

»Ist das ein Abzählreim?«, frage ich ihn lachend.
»Gefällt es dir?«

Ich lüge notgedrungen: »Ja, das ist gut.«

Ich bezahle sein Glas Wein. Er bleibt mit unbewegter Miene sitzen, und bevor ich gehe, ruft er mir grundlos zu: »Bis später!« Ich weiß nicht, warum, aber ich bin mir sicher, dass ich ihn nicht wiedersehen werde.

Heute gehen Augustin und ich in einem düsteren Bistro mittagessen. Wir reden nicht. Nach einer Weile sagt er: »Erinnerst du dich an Martine?«

Ich nicke. Während er weiterspricht, verschlingt er einen großen Happen von seinem Rindertartar. »Ich hab sie am Samstag wieder aufgerissen.«

Er macht eine kurze Pause, um Salz auf sein Fleisch zu streuen, dann fährt er fort: »Wir sind jetzt zusammen.«

Ich verstehe nicht, warum er mir das erzählt. Ich wüsste aber auch nicht, warum er es mir nicht erzählen sollte.

»Sie ist so … wie soll ich sagen … so unbedarft. Ja, unbedarft, und das mag ich.«

Augustin muss man sehr lieben, man muss ihn wahnsinnig lieben, sonst müsste man ihn umbringen. Während ich ihm dabei zusehe, wie er mit dem Messer noch eine Portion Fleisch abteilt und sie dann verschlingt, wird mir klar, zu was für einer Gefahr er werden könnte. Er ernährt sich von den Gefühlen anderer. Er hat noch nie zwischen Gut und Böse unterschieden. Er mag Martines Unbedarftheit nicht, er ernährt sich von ihr. Ich habe ihn immer für ein Chamäleon gehalten, das sich anpasst und mit jeder Begegnung verändert. Ich habe mich getäuscht. Er ist ein Vampir.

Er fragt mich, ob ich einen Joint will, bevor ich wieder zum Unterricht gehe.

»Du bist ein Vampir«, sage ich.

Er bricht in schallendes Gelächter aus. Seine Eckzähne wirken spitzer als sonst.

»Ein Vampir«, wiederhole ich und lache ein bisschen mit.

»Willst du nun einen Joint?«

»Ja.«

»Hast du O-Saft?«, fragt mich Jane und wirft einen Blick auf das *Scarface*-Poster über meinem Bett.

»Ich glaube schon.«

Sie rührt sich nicht vom Fleck. Ich habe vergessen, dass sie Nägel kaut.

»Vorhin hab ich bei meinem Vater im Büro angerufen. Sein Assistent hat gesagt, er ist in einer Besprechung und ich soll später noch mal anrufen.«

Sie beugt sich vor, um eins meiner rumliegenden T-Shirts aufzuheben. Dann lässt sie es wieder auf den Boden fallen.

»Eine Stunde später hab ich wieder angerufen. Er war immer noch in der Besprechung.«

Wir sitzen im Halbdunkel. Ich sehe nur noch ihre Augen. Zwei feuchte Minzblätter. Sie redet leise. Laut könnte sie mir das alles nicht erzählen.

»Ich hab noch mal angerufen, und der Assistent hat gesagt, dass mein Vater gerade am Gehen ist. Ich hab drauf bestanden, ihn zu sprechen, aber er wollte mich nicht durchstellen. Offenbar hatte er keine Zeit. Der Assistent hat gefragt, ob er ihm was ausrichten soll. Ich hab kurz gezögert, dann hab ich gesagt, er soll seinem Chef von seiner Tochter alles Gute zum Geburtstag wünschen.«

Sie bricht ab, und es ist, als würde das Schweigen von ihren Lippen hängen. Sie sieht sexy aus, wenn sie Nägel kaut. Ich weiß nicht, ob sie noch was sagen will.

Sie lacht. »Hast du keinen Orangensaft?«

Ich gehe eine Flasche Orangensaft und eine Flasche Rum holen. Als ich zurückkomme, hat sie sich eine Zigarette angesteckt. Sie sagt: »Ich glaube, ich werde mit Paul Schluss machen.«

Ich setze mich wieder aufs Bett. Ich habe Lust auszugehen. Ich fülle ein wenig Rum in die Orangensaftflasche. Jane trinkt einen Schluck.

Sie sagt: »Aber weißt du, das Problem ist: Ich glaube, ich bring es nicht fertig.«

»Liebst du ihn?«, frage ich sie.

Wieder beäugt sie das *Scarface*-Poster. »Ich glaube, ich bring es nicht fertig.«

»Sollen wir nicht lieber los?«

Sie steht auf und zieht sich wortlos die Bluse aus. Dann schnappt sie sich mein T-Shirt vom Boden und streift es über. Sie stellt sich vor den Spiegel und sagt: »Wie findest du mich?«

Die Flasche ist leer. Jane dreht sich zu mir um, und ich sage verunsichert: »Ich finde dich sehr hübsch.«

Sie sieht nicht so aus, als würde sie mir glauben. Sie setzt sich wieder aufs Bett und nimmt meine Hand. »Ich finde dich auch sehr hübsch.«

Ihr Haar berührt meine Schulter.

»Darf ich dich küssen?«, fragt sie.

Ich muss an Clara denken. An ihre violette Haarspange, die zu Boden gefallen war. Jane küsst mich. Ich hätte gern Musik aufgelegt. Die Haarsträhnen, die an Sommerabenden auf der Haut der Mädchen kleben. Die zuckersüßen Gerüche. Ich lege sie aufs Bett. Mein erster Kuss hinter einem Busch in der fünften Klasse. Ich umfasse ihre Handgelenke. Ich muss an Augustin und Martine denken. Ich ziehe sie aus, ich ziehe mich aus. Ihr hübsches Froschgesicht, der edle Seerosenmund. Ihre Augen sind nicht mehr grün, sie sind blau, magisch wie ein raffinierter Cocktail. Wir würden uns vor dem Tageslicht schämen. Rauchschwangere Spiegelbilder. Ein Taschentuch auf dem beigen Teppich. Die Zeit zieht sich in die Länge wie ein Kaugummi, endlos und säuerlich. Es dauert eine Viertelstunde.

Sie steht auf. »Kann ich mir dein T-Shirt leihen? Es gefällt mir.«

Ich sehe Schweißperlen auf ihrer Stirn. Sie stellt sich wieder vor den Spiegel. Ich habe Lust, Augustin anzurufen. Sie hat nur ihren BH an. Sie schminkt sich nach. Sie schlüpft in mein T-Shirt. »Ich geh dann mal.«

Sie wirkt nicht verlegen, aber ich bin sicher, sie spielt mir was vor.

»Wir telefonieren.«

Sie geht. Die Wohnungstür fällt ins Schloss. Ich rufe Augustin an.

Als ich im quadratischen Hof des Louvre ankomme, stelle ich fest, dass es mittlerweile Tag geworden ist. Der Himmel ist fast blau. Ich folge Augustin wie ein Roboter. Er weiß selbst nicht, wohin er will. Er setzt sich auf den Rand eines Springbrunnens in der Nähe der größeren Pyramide. Er hat seine Pilotensonnenbrille auf. Ich nehme sie ihm weg. Er singt *Cendrillon* von Téléphone, aber ich merke schnell, dass er immer nur die ersten beiden Zeilen wiederholt. Er hört auf, zündet sich eine Zigarette an und fragt: »Wo waren wir, bevor wir hergekommen sind?«

Ich lache, dann wird mir klar, dass ich es nicht weiß, und das Lachen vergeht mir. Ich lehne den Kopf an seine Schulter und tauche eine Hand bis zum Boden in den Brunnen. Er reicht mir seine Zigarette, und ich halte sie lange, vergesse aber, daran zu ziehen. Meine Augen krepieren vor Müdigkeit oder was auch immer, und als die Sonne auch noch in ihnen brennt, beschließe ich, nach Hause zu gehen. Augustin bleibt sitzen. Ich frage ihn, warum er nicht mitkommt, und als er nicht antwortet, steige ich in ein Taxi, das wie durch ein Wunder mitten im quadratischen Hof des Louvre aufgetaucht ist.

Von irgendwo hinter dem Centre Pompidou steigt schwarzer Rauch auf. Der Rauch zeichnet Formen in den Himmel. Ich weiß, wenn ich näher an den Brandort herangehen würde, würde ich Geschrei hören, verängstigte Feuerwehrmänner und aus Schläuchen auf schwarze Fenster schießendes Wasser sehen. Von zu Hause, von Weitem betrachtet, ist dieses Feuer schön. Vor einer Woche habe ich einen Bericht über die Atomversuche in der Wüste von Nevada in den 1960er-Jahren gesehen. Touristen bewunderten die Rauchpilze und betrachteten fasziniert den grau-rosa Niederschlag auf ihrem Haar. Von Weitem kann alles poetisch sein. Mein Telefon klingelt. Es ist Dominique. Wir verabreden uns. Am Himmel sind keine Figuren mehr zu sehen, nur noch schwarzer Qualm.

Dominique wirkt gestresst. Ich frage sie, warum.
»Wegen Matthias.«
Matthias ist siebzehn. Er ist so was wie ein Maler, aber nicht wirklich verrückt. Dabei wäre er es gern. Er ist sehr groß, halbwegs blond, halbwegs rockig, halb-

wegs intelligent und halbwegs sympathisch. Ich mag ihn. Er ist seit vier Monaten mit Dominique zusammen.

»Er hat zu mir gesagt, dass er sich umbringt, und ich hab ihn deswegen verarscht, aber seit gestern geht er nicht mehr ans Telefon.«

Sie hat wirklich Angst um ihn. Mit Daumen und Zeigefinger beutelt sie hektisch ein Zuckertütchen. Ich frage sie: »Hast du bei ihm zu Hause angerufen?«

Schließlich reißt das Zuckertütchen.

»Na klar. Mindestens zehn Mal! Er geht nicht ran, und seine Eltern sind nicht da.« Der Zucker ergießt sich auf den Tisch.

»Du kannst es über die Gegensprechanlage versuchen. Den Code für die Haustür kennst du doch, oder?«

Sie bläst auf den Zucker, um ihn zu verteilen, und malt einen Smiley rein.

Sie sieht mich geistesabwesend an. Sie findet die Idee gut. Sie sagt: »Kannst du nicht mitkommen? Bitte.«

Sie wischt mit der Hand über den Tisch und zerstört das Gesicht.

Dominique schminkt sich im Außenspiegel eines Autos nach. Sie wirkt nervös. Ich muss an einen Abend bei ihr denken. Wir hatten uns stundenlang geküsst. Fette Zungenküsse von Vorpubertären, widerlich, verboten und wundervoll. Ich erinnere mich an den Schulranzengeschmack ihrer Zunge. An ihren stoßweisen Atem. Dominique tippt den Code ein. Bestimmt küsst sie jetzt nicht mehr so. Wir betreten das Haus, sie klingelt an der Gegensprechanlage. Eine heisere Stimme meldet sich. »Matthias?« Lange ist nichts mehr zu hören, dann summt plötzlich der Türöffner. Dominique geht los und bittet mich, zehn Minuten auf sie zu warten.

»In zehn Minuten bin ich fertig. Ich ertrage diese Psychofolter nicht länger«, sagt sie, während sie ins Dunkel der Eingangshalle eintaucht. Sie vergisst, das Licht anzuschalten. Ich höre ihre Schritte auf der Treppe. Sie werden immer leiser. Eine Tür öffnet sich.

Ich werde nicht zehn Minuten warten. Ich weiß, dass Dominique nicht wieder runterkommen wird. Mit vierzehn steht man auf Psychofolter.

Im Physikunterricht fragt mich Flora, ob ich »wirklich was mit Augustin« habe. Ich will wissen, warum sie mich das fragt. Sie antwortet, dass seit gestern alle darüber reden. Meine Klassenkameraden tuscheln miteinander und drehen sich zu mir um. Ich weiß nicht, was ich tun soll. Ich habe Angst, dass Augustin mir vorwirft, gequatscht zu haben. Ich muss der Reihe nach vorgehen, ein Problem nach dem anderen lösen. Zuerst Flora, der ich mit tiefster Überzeugung zuraune, dass das nur ein Gerücht ist. Ich glaube, sie nimmt es mir nicht ab. Egal, ich habe keine Zeit, sie zu überzeugen. Keiner hat Beweise, sage ich zu ihr. Sie wirkt verlegen.

»Weißt du, im Internet kursiert ein MSN-Chat zwischen dir und ihm«, sagt sie, und es ist ihr fast peinlich, mich mit meiner eigenen Lüge zu konfrontieren

»Wovon redest du?«, sage ich, und in meiner Stimme schwingt zu viel mit.

»Na ja, von einem Chat zwischen dir und ihm.«

Sie bricht ab, schaut weg und starrt ihr Federmäppchen im Afrodesign an. Dann fährt sie fort: »Er sagt darin zu dir, dass er Lust auf dich hat, und du antwortest, dass du auch Lust hast, ihn aber am Samstag nicht sehen kannst, weil dein Vater Geburtstag hat.«

Ich bin wie vor den Kopf geschlagen. Ich erinnere mich sehr wohl an diesen Chat. Ich erwidere, dass sich offenbar jemand in unsere Sitzungen bei MSM eingehackt hat, dass ich das nie geschrieben habe. Meine Ausrede klingt lächerlich. Flora wird immer verlegener. Ich erinnere mich, dass ich Augustin am Ende des Chats gebeten habe, ein Gramm Koks mitzubringen. Ich verlasse das Klassenzimmer. Ich muss was unternehmen. Ich rufe Augustin an. Ich höre ihm an, dass er stinksauer ist.

»Augustin, ich weiß nicht, was da läuft. Ich hab nichts gesagt, ich schwör's dir ...«

»Ich hab jedenfalls keinem was gesagt!«

»Ich auch nicht ...«

»Was ist das für ein MSN-Chat? Verflucht! Ich hab dir das nie geschrieben. Was ist das für eine Scheiße? Willst du dich wichtigmachen oder mir auf den Sack gehen?«

So genervt habe ich ihn noch nie erlebt. Ich höre etwas laut knallen. Ich antworte: »Aber ja, erinnere dich doch, ich musste zum Geburtstag von meinem Vater. Ich hatte dich gebeten, uns ein Gramm zu besorgen ...«

»Wovon redest du?«

Ich kapiere überhaupt nichts mehr. Dieser Chat hat stattgefunden, da bin ich mir sicher.

»Vielleicht hat jemand dein Account gekapert ...«

»Warum sollte jemand das tun?«

»Keine Ahnung.«

Er schweigt sekundenlang, dann sagt er: »Das ist scheiße, Alter. Echt scheiße!«

Mir kommt ein Bild in den Sinn: Ein Meteorit rast in meiner Fantasie auf die Erde zu und beginnt zu zerbröckeln, nachdem er die Ozonschicht durchquert hat, und ich glaube, auch wenn man gründlich sucht, findet man auf der Erde nur selten Meteoritentrümmer. Nach einer Weile sage ich: »Die Leute vergessen schnell. Am Samstag steigt eine Party. Wenn du willst, gehen wir zusammen hin ...«

Ich höre ihn eine Zigarette anzünden, dann sagt er: »Das ist scheiße. Ruf mich an.«

Und er legt auf.

Der metallische Geschmack hat mir gefehlt. Ich marschiere schnell durch die Kälte, die Augen weit aufgerissen, empfindungslos. Die Stadt ist wie erstarrt. Die Passanten sind nicht interessant genug, um Gesichter zu haben. Ich gehe zu einer Party auf dem Boulevard Raspail. Ich will mich zeigen. Wenn Augustin und ich zusammenhalten, wird alles wieder gut. Ich frage mich, ob er immer noch sauer auf mich ist. Er hat gesagt, dass er auch kommen wird. Ich weiß nicht, warum ich Koks gekauft habe. Ich klingle. Drinnen kein Licht, aber viele Leute. Ich betrete einen Raum, der wie das Wohnzimmer aussieht. Meine Pupillen bewegen sich flink. Scharfstellung auf jedes Gesicht. Augustin ist nicht da. Die Leute haben zu tuscheln angefangen, seit ich reingekommen bin. Ich zittere. Keiner geht auf mich zu. Ich verdrücke mich auf die Toilette. Es sind Leute drin, aber ich bringe es nicht fertig, Hallo zu sagen. Ich schicke sie raus. Ich habe den Taschenspiegel von meiner Mutter mitgehen lassen, ich hole das Tütchen raus, aber da mein Zittern immer stärker wird, habe ich Mühe, ordentliche Linien zu ziehen. Ich hebe das Gesicht. Kreidebleich, wie eine Leiche. Ich muss mich hier verstecken, bis ich nicht mehr schniefe. Mich schockiert nichts mehr. Da draußen sind die Arena, die Raubtiere, die Einsamkeit. Da draußen sind die Guillotine, der Strang, die Verachtung. Da draußen ist die Wirklichkeit. Jemand klopft an die Tür, und ich gehe wieder ins Wohnzimmer. Ich versuche mich unbemerkt auf ein Sofa zu setzen. Keiner meiner Freunde ist heute Abend hier. Augustin wird nicht kommen. Ein nichtssagender kleiner Scheißer dreht sich zu mir um und macht eine hämische Bemerkung. Alle verstummen. Sie warten auf meine Reaktion. Ein paar von ihnen lachen. Eine Schlampe ruft mir zu: »Du bist so ätzend. Ich bin seit zwei Jahren in Augustin verknallt, und du hast alle meine Träume zerstört. Bringt er's wenigstens?«

Sie bricht in schallendes Gelächter aus, die anderen auch.

»Verpisst euch! Ihr redet doch alle nur scheiße!« Mir ist glühendheiß. Ich habe Nasenbluten, merke es aber nicht gleich. Irgendwann halte ich die Hand unter die Nasenlöcher. Mein Blut ist hellrot, mit weißen Flecken darin. Einer johlt: »Und das Koks, ist das auch nur ein Gerücht?!«

Ein anderer ruft: »Du bist eine Lachnummer!«

Und noch einer: »Du bist der letzte Dreck!«

Und ein Letzter: »Mann, du bist erst vierzehn!«

Auf der Straße wähle ich Augustins Nummer. Er geht nicht ran, also hinterlasse ich ihm eine Nachricht. Er wird mich nicht zurückrufen.

Der Ozean hinter dem Strand ist schwarz. Ein paar Fischer rackern sich ab, damit ich morgen Fisch essen kann. Es ist heiß, meine Finger kleben an der Zigarette. Ich würde meine Füße gern in den Sand stellen, der um diese Stunde kühl sein muss. Ich wäre bestimmt enttäuscht. Ich muss an Augustin denken. Ich muss mich damit abfinden, dass es in meinem Leben nicht mehr um mich, sondern nur noch um ihn geht. Ich zünde pausenlos Zigaretten an und lasse sie im Aschenbecher verglühen. Solange ich Zigaretten habe, muss ich nicht schlafen gehen.

Im Hotel sind nur Russen. Sie zerstören mein Bild von einem bäuerlichen, weiß verschneiten Russland. Am Strand laufen Männer hin und her, um Tischdecken zu verkaufen, und ich frage mich, wer am Strand Tischdecken kauft. Ich würde mich gern mit irgendwas zudröhnen. Beim Mittagessen zünde ich mir eine Zigarette an. Meine Mutter reagiert nicht. Heute hängen Wolken über der Insel. Meine Mutter sagt: »Ich finde es nicht gut, dass du vor mir rauchst. Wenn du es heimlich machst, rauchst du weniger.«

Ich drücke meine Zigarette aber nicht aus, und

meine Mutter sagt nichts weiter zu dem Thema. Ich fühle mich schwer, nutzlos. So ist das in den Ferien. Heute Abend werde ich Augustin anrufen.

Abends. Er geht ans Telefon. Er scheint sich zu freuen, von mir zu hören. Ich bin erleichtert. Wir legen schnell wieder auf, weil Telefonieren teuer ist.

Heute Nacht hatte ich einen Traum. Ich war mit meiner Mutter, Augustin und Augustins Mutter unter dem Triumphbogen auf der Place de l'Étoile. Ich stand mit einer Flasche Wodka in der Hand vor Augustin, der sterbend am Boden lag. Seine Mutter erklärte mir unter Tränen, ich müsste die Flasche austrinken, wenn ich nicht wollte, dass er starb. Meine Mutter raunte mir ins Ohr, das sei eine Falle und in der Flasche sei Arsen. Ich wusste nicht mehr, wem ich glauben sollte. Ich trank die Flasche leer und spuckte den Alkohol unwillkürlich sofort wieder aus. Augustins Qualen nahmen kein Ende. Da tauchte wie aus dem Nichts Fellini auf und verkündete lachend: »Schnitt! Die haben wir im Kasten!« Alle lachten mit. Augustin stand auf, und ich wurde ganz still und schämte mich, weil ich nichts kapierte.

Nach dem Aufwachen hole ich mir einen Wodka aus der Minibar. Ich kriege ihn nicht runter, aber es muss sein. Grapefruitsaft ist auch da. Perfekt. Nachmittags döse ich entspannt in der Sonne ein. Als ich die Augen aufschlage, bin ich allein am Strand. Die Sonne geht gerade unter, und ich habe eine Wodkafahne. Allmählich habe ich Mauritius satt.

Samstag. Mittags aufgestanden. Orangensaft. Strand. Die »Gala«. Languste. Sonne, dann Schatten, dann

Sonne. Kokosmilch. Ein Lexotanil. Nudelsalat und ein Glas Wein. Vierzehn Zigaretten. Um zwei Uhr eingeschlafen. Morgen reise ich ab. Endlich.

Ich schaue durch das Bullauge, und alles ist schwarz. Nichts zu sehen, nicht mal ein einsames kleines Boot mitten auf dem Ozean. Rückflüge sind lang, wenn bei der Ankunft niemand auf einen wartet. Ich bitte die Flugbegleiterin um ein Glas Weißwein, und sie vergewissert sich mit einem Seitenblick auf meine Mutter, dass sie damit einverstanden ist.

»Bist du sicher, dass du keine Cola möchtest?«, fragt meine Mutter und nippt an ihrem Champagner. »Weißt du, auf der Hotelrechnung stand jede Menge ...« Ich weiß, worauf sie hinaus will, und ich weiß auch, dass ich nicht die Kraft haben werde, es zu bestreiten. Sie macht eine kurze Pause, dann fährt sie fort: »... Alkohol. Fast jeden Abend ... Zwei bis drei Flaschen pro Abend ...«

Ohne den Blick vom Bullauge abzuwenden, antworte ich: »Keine Flaschen, Maman, *Fläschchen* ... Du hast dich über den Tisch ziehen lassen. Ich hab nur eins genommen, aus Spaß.«

Sie legt die Hand auf meine Schulter. »Aus Spaß?«

Ich habe große Lust zu weinen. Ich hätte gern, dass sie mich in den Arm nimmt. Sie und ich, wir haben uns zu weit voneinander entfernt. Sie fasst mich am Handgelenk, und unter den Fingern der beschützenden Mutter spüre ich, wie meine Narben brennen. Heftig schiebe ich ihre Hand weg. Ich sollte einen Schlussstrich unter alles ziehen, sollte mich behandeln lassen, zu mir selbst finden, meine Mutter wiederfinden. Ich sehe nichts mehr durchs Bullauge. Ich erkenne nur noch mein Spiegelbild, das halb durchsichtig ist.

»Schon gut, Maman, lass mich in Ruhe.«

Und den restlichen Flug über lässt sie mich in Ruhe.

Flora fühlt sich heute Abend sexy. Das merkt man, und es ist anstrengend. Ihr Zimmer ist orange, weiß und rot. An der Wand hängt ein Poster von Björk, das Cover des Albums *Homogenic*. Es erinnert mich an Los Angeles. Dort habe ich das Album ständig gehört. *If travel is searching, and home what's been found.* Ich möchte da gerne noch mal hin. *Sunset.* Flora legt die CD *Rock'n Roll Suicide* von David Bowie in ihr Notebook. Sie trägt ein großes schwarzes T-Shirt, auf das mit weißer Farbe Menschen gezeichnet sind. Sie hält eine halbleere Rotweinflasche in der Hand. Sie findet sich sexy, und das zieht mich runter. Der Eiffelturm funkelt. Ich frage mich, wie viele Menschen jetzt noch wach sind, um ihn anzusehen. Flora nimmt den Joint, den Augustin ihr hinhält. Sie legt sich lachend aufs Bett, ist betrunken. Sie zieht ihr T-Shirt aus und trägt jetzt nur noch ihren BH. Sie hat schöne Brüste. Ich frage Augustin, ob er nichts anderes als Gras hat. Er gibt mir ein Tütchen Koks. Flora sieht leicht schockiert aus, und ich brauche ein paar Sekunden, bis ich kapiere, dass sie bestimmt noch nie gekokst hat. Ich frage sie, ob das für sie ein Problem ist.

»Ach was … Kokst ihr viel? Ich meine oft?«

Ich sehe Augustin an. Dutzende Bilder steigen vor

mir auf wie schmuddelige, unscharfe Fotos: verdreckte Klos, Kreditkarten für Minderjährige, Blutstropfen auf meinem blauen Kopfkissen am frühen Morgen.

Augustin ist ein besserer Lügner als ich, er beruhigt sie: »Nein, nur ab und zu, um gut draufzukommen.«

Mit einem Wink verlangt er das Tütchen von mir zurück. Ich gebe es ihm. Er sagt: »Du solltest es mal probieren, ich bin sicher, du fährst total drauf ab.«

Sie wirkt hilflos. Sie dreht sich zu mir um und sucht in meinen gierigen Augen nach einer Antwort. Flora ist eine meiner besten Freundinnen. Ich sollte ihr sagen, dass das eine schlechte Idee ist. Aber eigentlich ist es mir egal. Augustins Blick hat was Diabolisches. Er geht zu einem Regal. Er nimmt eine CD, schüttet den Inhalt des Tütchens darauf, zerstößt die Krümel, präpariert Linien, rollt einen 50-Euro-Schein zusammen, zieht sich eine Straße rein, legt den Kopf in den Nacken, schnieft geräuschvoll, hält mir den Schein hin und sieht mir beim Sniffen zu. Dann dreht er sich zu Flora um. Sie wirkt verängstigt. Ich möchte, dass sie snifft. Ich möchte Flora im selben Zustand wie uns sehen. Möchte sehen, wie sich ihre Pupillen weiten. Langsam nähert sich ihre Nase der CD. Sie schafft es nicht, sich die ganze Straße reinzuziehen, sie unterbricht mittendrin und macht dann weiter. Auf der CD ist noch eine Linie übrig und im Tütchen sind mindestens noch drei. Wir überlassen die letzte Flora und präparieren uns die drei anderen. Es ist nur noch Geschniefe zu hören, der Rotz muss die Kehle runter. Flora sagt: »Meine Nase brennt«, und Augustin und ich antworten gleichzeitig: »Das geht vorbei.« Sie schaltet das Licht aus und legt sich wieder aufs Bett.

Der Eiffelturm funkelt nicht mehr. Augustin küsst Flora, ich kann sie hören. Auf ihrem Nachttisch steht eine orangerote Öllampe, die immer brennt. Augustins Hand gleitet in Floras Unterhose. Sie verkrampft sich, biegt den Rücken durch. Dann schließt sie seufzend die Augen. Ich schiebe mich näher ran. Ich küsse Flora, während Augustin ihr das Höschen auszieht. Jetzt besorge ich es ihr mit den Fingern. Zufällig berühre ich dabei Augustins Hand. Wir sind zu hektisch, zu grob. Ich glaube, Flora fühlt sich nicht besonders wohl. Sie fängt an zu lachen. Dieses Lachen kenne ich nur zu gut. Das Lachen der Bekifften. Auf dem Nachttisch stehen Fotos. Flora mit ihren Eltern auf Hawaii, Flora auf einem Pferd und ein Foto von unserer Clique in Disneyland: Flora, Jane, Rachel, Quentin, Alexis, Grégoire, Dominique, Nina und ich. Wir stehen vor dem Space Mountain. Wir sind elf Jahre alt. Wir lächeln, sehen gut aus. Freuen uns, dort zu sein. Wir waren frühmorgens mit dem Vorortzug losgefahren und aufgeregt überall rumgelaufen. Wir haben in einem Schnellrestaurant im Inka-Stil zu Mittag gegessen. Ich kann nicht glauben, dass das erst drei Jahre her ist. Drei Jahre. Das ist nichts. Viel nichts in drei Jahren. Ich muss an eine Fete bei Mélissa denken. Stehblues zu R. Kelly. Ich sehe Flora als Fünftklässlerin in einem rosa T-Shirt, wie sie in der Töpferwerkstatt der Schule einen Bären modelliert. Jetzt wichst sie Augustin, der wie verrückt schnieft. Die Töpferwerkstatt. Mich wichst sie auch. Ich trinke dabei Wein. Drei Jahre. Was für ein bitterer Geschmack. Der Stehblues. Sie bläst Augustin und mir abwechselnd einen. Flora ist ein Jahr jünger als wir. Sie stellt sich nicht sehr geschickt an. Sie ist eben ein Jahr jünger, kann nichts dafür. Björk starrt uns an, sie sieht im Licht der Öllampe furchterregend aus. Ich schließe die Augen. Ein neuer Song beginnt.

The kisses of the sun were sweet. I didn't blink. I let it in my eyes like an exotic dream. Just la la la la la.

Augustin grunzt vor Lust, Flora auch. Sie ist in unserer Klasse eine der Besten. Ich glaube, Augustin dringt gerade in sie ein. Ob sie noch Jungfrau ist? Ich möchte das auch. Ich sollte sie daran erinnern, dass wir am Mittwoch unser Referat halten müssen.

Und das Flugzeug setzte sachte, wie heimlich, zur Landung an, direkt über Millionen Menschenleben, über Häusern, die sich wie Erdnussbutter von den Bergen bis zum Meer hinzogen. Ladies and gentlemen, we just landed in Lax, Los Angeles, California. *Meine Mutter hatte mich vorgewarnt: »Du wirst sehen, es haut einen um, wenn das Flugzeug mitten in der Stadt landet.« Ich habe mich bis heute nicht davon erholt. Wir haben einen gelben Mustang gemietet. Ich wurde aus dieser Stadt, die wie tot wirkte, nicht schlau. Kein Mensch auf den Straßen. Nichts als Häuser mit endlosen, absurden Nummern. 10 500 Santa Monica Boulevard. Und in der Hitze flirrende, lange und schnurgerade, unwirkliche Straßen. Stadt der Straßen, die nach Nirgendwo führen. In den Restaurants zischte auf den Tischen mit Kohlensäure versetzter Wein. Das Sonnenlicht knallte auf den Ozean, prallte von den Stoßstangen der Pick-ups ab und landete auf den verspiegelten Fenstern der Gebäude von Century City. Die Monster sahen aus wie Menschen. Wenn ich die Augen schloss, war die Stille wie der heiße Wind, der durch die Wüste fegt. Ein Kojote heulte um sein Leben. Eine kaputte Juke-*

box spielte quietschend einen alten, längst vergessenen Song. In der Eingangshalle unseres Hotels roch es penetrant nach Blut, als wären hinter den Türen Leichen versteckt. Meine Mutter und ich sind jeden Abend auf Beutezug in den Plattenladen »Tower Records« am Sunset Boulevard gegangen, unweit vom Château Marmont, vor dem riesige, heruntergekommene Reklametafeln standen. Sie waren so hell angeleuchtet, dass man vergaß, wofür sie eigentlich warben. Wir sind ziellos in den Hügeln herumgefahren und schließlich auf dem Mulholland Drive gelandet. In Malibu hat meine Mutter zu mir gesagt: »Hier sind wir am Ende der Welt.« Stimmt, in Los Angeles ist man am äußersten Ende, ganz weit weg. Als hätte jemand die restliche Erde mit einer Walze plattgemacht und allen Egoismus, alle Zügellosigkeit, alle Schönheit und alle Mysterien hierhergeschoben. Stadt der Leere. Vielleicht, weil der Goldrausch hier sein Ende fand. Stadt der Enttäuschung. In Hollywood steht ein Schild mit der Aufschrift: Anything can happen here.

Der nächste Morgen ist krass. Eine Flasche billiger Fusel, überall Asche und die Nase voller Borken. Im Zimmer ist es saukalt, jemand hat das Fenster aufgemacht. Ich stehe auf, um es zu schließen, und gebe mir Mühe, Augustin, der allein im Bett liegt, nicht zu wecken. Ich ziehe mir die Unterhose an und gehe ins Wohnzimmer, wo ich Flora entdecke, die sich gerade *Lizzie McGuire* ansieht. Sie hat sich nicht abgeschminkt, und jedes Mal, wenn sie die Müslischale an den noch roten Mund hebt, wird mir ganz komisch. Ich setze mich zu ihr. Wir sagen nicht »Guten Morgen« zueinander. Lizzie verkracht sich mit ihrer besten Freundin Miranda und versöhnt sich dann wieder mit ihr. Wir reden nicht über gestern Abend. Ich sage zu

Flora, dass ich duschen gehe. In ihrem Zimmer laufe ich Augustin in die Arme.

»Ich dachte, du wärst schon weg«, sagt er zu mir.

»Nein. Ich geh duschen.«

»Kann ich mit?«

»Ich will mich wirklich nur waschen.«

»Ich mich doch auch.«

Das Wasser in der Dusche braucht eine Weile, bis es warm wird. Augustin kommt rein. Ich bitte ihn, zu warten, bis ich mir die Haare gewaschen habe. Wenn ich unter einer Dusche die Augen zumache, habe ich immer das Gefühl, ich könnte auch woanders sein. Egal wo, Hauptsache weit weg.

»Das war cool gestern Abend, was?«, sagt er zu mir.

Woanders, egal wo.

Im Zimmer ist es kalt, und ich habe nicht daran gedacht, ein Handtuch aus dem Bad mitzunehmen. Starr vor Kälte warte ich, bis Augustin aus der Dusche kommt. Er lässt sich viel Zeit, und als er rauskommt, ist er schon angezogen. Ich ziehe mich auch an, verabschiede mich von Flora und gehe nach Hause. Vielleicht treiben sie es noch mal. Bestimmt tun sie das.

Augustin legt sich gerade mit einem Typen an. Ich sehe es von der anderen Seite der Tanzfläche aus. Er schlägt ihn nieder. Augustin drischt weiter auf ihn ein, obwohl der andere schon am Boden liegt. Er kommt zu mir und grinst mich blöd an. »Was hast du dir denn reingezogen?«, frage ich ihn. Er lacht dröhnend. »Schon mal was von XTC gehört?« Er schüttelt sich vor Lachen. Ich sage: »Du bist echt bescheuert.« Er wirkt beleidigt, in seinem Höhenflug ausgebremst. Wortlos steht er auf und geht. Ich werde nicht auf ihn warten. Ich gehe nach Hause.

Um vier Uhr früh ruft er an und sagt, er sei gerade dabei, »wieder runterzukommen«. Er steht bei mir in der Eingangshalle. Ich sage zu ihm, er soll raufkommen. Er geht aufs Klo kotzen. Er zieht sich nackt aus und steigt in mein Bett. Er küsst mich, und das ekelt mich. Er macht Geräusche wie ein Tier. Er kommt, grunzt und schläft endlich ein. Mein Blick prallt an der Zimmerwand ab. Augustin liegt schlafend neben mir, und zum ersten Mal hat es nichts Natürliches. Ich gehe raus auf die Terrasse. Paris ist schwarz. Die Häuser und Bauwerke sind verschwommene Schatten. Eine unförmige, riesige Masse. Die Stadt macht zu, sie bildet einen einzigen hermetischen Block. Ich denke: Ich bin an meine Grenzen gestoßen, er hat noch keine. Ich bilde mir ein zu hören, wie er aufsteht. Aber es ist nur die Katze, die nachts gern durch die leere Wohnung streicht. Der Wind ruft mir in Erinnerung, dass ich nackt vor einer ganzen Stadt stehe. Heute Nacht ist er zu mir gekommen, weil er nicht anders konnte. Eigentlich wollte er nicht. Dieser Zwang. Eines Tages wird er eine Nummer schieben und dann wortlos gehen. Da bin ich sicher.

Die Tage werden immer länger. Ich komme aus einer Buchhandlung, in der Tasche einen Flachmann mit Portwein. Ich habe Kopfschmerzen, deshalb trinke ich nur kleine Schlucke. Ich laufe ziellos durch die Gegend und warte auf die Sterne oder was auch immer. Plötzlich stehe ich in der Eingangshalle von Augustins Haus. Ich setze mich auf die schwarz-weißen Marmorfliesen. Ich trinke weiter in der Hoffnung, dass er runterkommt und mich betrunken hier vorfindet. Vielleicht nimmt er mich dann mit auf sein Zimmer. Es wird dunkel, und der Boden bekommt Ähnlichkeit mit einem Schachbrett. Um Mitternacht wanke ich nach Hause.

Heute feiern wir meinen Geburtstag. Abendessen mit meinem Vater und meiner Mutter im Restaurant. Im »Le Costes«. Das kenne ich in- und auswendig. Ich habe vorher ein Beruhigungsmittel genommen. Wie jedes Jahr hat mir mein Vater ein paar Zeilen geschrieben, und noch bevor ich das Kuvert aufmache, weiß ich, was er geschrieben hat. Er möchte, dass wir uns näherkommen, er hat mich immer geliebt, er ist stolz auf mich. Mein Vater schreibt gern schöne Briefe.

Letzte Woche hat meine Mutter zu mir gesagt, sie will, dass ich zu einem Psychiater gehe. Sie ist der Meinung, dass es mir nicht gut geht. Wahrscheinlich hat sie recht. Ich war schon bei vielen Psychiatern, ich habe früh angefangen, mit vier. Ich mag Psychiater nicht. Ich versuche immer, mich mit ihnen anzufreunden, ich suche bei ihnen Mitleid oder Verachtung oder Antworten. Ich finde, ein Psychiater sollte nur einen Patienten haben. Mir gefällt die Vorstellung nicht, ihn mit jemandem zu teilen. Mit Psychiatern ist es wie mit Zahnbürsten, die teilt man auch nicht, das ist eine Frage der Hygiene. Meinen ersten Termin bei Dr. Valenge hatte ich um 18 Uhr 45 im 8. Arrondissement. Ich wartete geduldig in einem winzigen Wartezimmer, das wie ein altmodisches Bad aussah.

»Nun, Sacha, was führt Sie zu mir?«

Am liebsten wäre ich gleich wieder gegangen. »Keine Ahnung.«

Dr. Valenge sah mich lächelnd an, er wollte es offenbar etwas genauer wissen. Dann fügte er hinzu: »Betrachten Sie unseren Termin als Spiel, bei dem Sie es sind, der die Regeln bestimmt.«

Ich sagte mir, dass ich diese Praxis nie wieder betreten würde. Durch das Fenster sah ich ein Hochhaus. Nur ein Fenster war erleuchtet. Ich hatte Lust zu weinen. Ein Leben weit weg, ein Leben woanders. Ein anderes Leben. Dr. Valenge wollte wissen, was ich da sah. Ich antwortete ihm, er hätte eine schöne Aussicht. Mehr sagte ich nicht, also fragte er mich, wie es in der Schule lief. Von da an sollte ich Dr. Valenge belügen. Ich gab ihm, was er wollte. Meine schlechten Noten, meinen latenten Ödipuskomplex, meine konfliktbeladene Beziehung zu meinem Vater. Das Fenster in der

Ferne ließ ich dabei nicht aus den Augen. Ich hatte das Gefühl, dass es mir mehr Antworten auf die Fragen liefern würde, die ich mir gar nicht stellte.

Als wir das »Costes« verlassen, nimmt mich mein Vater in den Arm und sagt mir, dass er mich liebt. Ich gehe nach Hause und kann nicht einschlafen. Ich schaue auf meinen Wecker: 2 Uhr 10. In vier Minuten werde ich fünfzehn. Mir ist nicht klar, ob das der Anfang oder das Ende von etwas ist. Bestimmt beides. Es ist so weit: Vor fünfzehn Jahren wurde ich geboren.

Heute Abend steigt keine Party. Jedenfalls wissen wir von keiner. Augustin sagt, dass er *magic mushrooms* gekauft hat. Ich habe ein bisschen Angst davor, sie einzuwerfen. Er hat große Lust drauf. Er sagt:

»Eine bessere Gelegenheit gibt's nicht. Bei mir ist keiner zu Hause, wir haben nichts vor ... Sonst esse ich sie eben mit jemand anderem ...«

Ich will nicht, dass er sie mit *jemand anderem* isst.

Sie schmecken nicht gut, sondern nach Erde. Ich lege mich auf sein Bett. Meine Bewegungen werden langsamer, mein Kopf arbeitet schneller. Das Zimmer wird immer dunkler. Es sind Echos im Zimmer, und Menschen. Eigentlich ist nur eine Person darin. Ein Schatten, ein anderer Schatten, er klebt am Bett fest und kommt nicht hoch. Genau wie ich. Die Häuser sehen aus wie Profile von Gesichtern. Krumme Nasen, riesige Münder. Augen, die nur noch Spiegel der Nacht sind.

Die Welt da draußen ist zu weit weg. Man muss aufs Leben zugehen. Das Leben findet draußen statt. Es duldet keinen Aufschub.

Ich pfeife auf das Drumherum, für mich zählt nur das

Ambiente. Ich möchte mich gern in einem Auto, das nie stehenbleibt, rumfahren lassen. Ich würde Landschaften sehen, die in mir höchstens ein Gefühl von Wehmut zurücklassen würden. Ich möchte nie schlafen müssen. Ich möchte mich verlieren, mich tausend Mal verlieren und immer wiederfinden. Wenn ich groß bin, werde ich unsicher sein. Vielleicht wird man so unsterblich. Wir müssen uns auf die Nacht konzentrieren. Auf sie, die Großes verheißt. Die Tage gehören uns längst, die Nächte sind wie Inseln, die es zu entdecken gilt ... Mich faszinieren nur Menschen, die sich selbst zugrunde richten, verbrennen, zerstören.

Willst du meine Meinung hören? Ich sag sie dir trotzdem. Du bist ein Feigling. Ein richtiger Feigling. Du bist von der Nacht besessen, liegst aber spätestens um drei Uhr früh im Bett. Du willst mit der Gewissheit abstürzen, dass du wieder auf die Beine kommst. Dein Leben ist pure Theorie! Ja, dein Leben ist eine Ansammlung von Theorien. Tat oder Wahrheit? Natürlich entscheidest du dich für die Wahrheit. Menschen, die sich selbst zerstören, faszinieren dich nur aus einem einzigen Grund: weil du selbst dazu nicht fähig bist.

Ich hab aber keine Angst vor dem Tod.

Ach nein? Beweise es! Öffne dir die Pulsadern! Nein, nicht so! Ich rede nicht von lächerlichen Kratzern. Nimm zum Schneiden ein richtiges Messer. Du weißt genau, dass man entlang der Pulsadern schneiden muss. Bring dich um! Siehst du, du schaffst es nicht.

Stell dir vor, du stehst auf einem Margeritenfeld, im Hintergrund grasen Pferde, und zur Untermalung spielt ein Pianist Klavier. Du würdest sagen: Macht nichts, wenn auf der Wiese nur Gänseblümchen wachsen, macht nichts, wenn es keine Vollblüter, sondern Maultiere sind, nicht schlimm, wenn der Pianist falsch spielt. Du gibst dich damit zufrieden! Du greifst nicht nach den Sternen, und deine Sehnsucht nach

Ewigkeit ist nur eine Fassade, hinter der sich dein einziger Wunsch verbirgt: der Wunsch, geliebt zu werden.

Sie tragen dieselben Sachen, in denen sie abends zuvor schlafen gegangen sind. Ab und zu schlucken sie Pillen. Manchmal ziehen sie ein paar Nasen durch. Die Zimmertür ist zugefallen, ohne dass sie es gemerkt haben. Der eine schläft, der andere liegt mit offenen Augen da. Letzterer träumt. Er sieht nur explodierende Mosaike, losgelöste Einzelteile. Oft verderben sie sich den Magen, täglich versengen sie sich die Lungen. Ihre Pupillen sind wie zerbrochene Prismen, Kaleidoskope aus tausend Teilen. Der Tag bricht an, aber sie rühren sich nicht. Die Sonne zieht an ihnen vorbei, aber sie sehen sie nicht.

Morgen werden sie es wieder tun.

Ich habe jetzt einen Neffen. Mein Bruder ist gerade Vater geworden. Und ich bin Onkel, für immer. Plötzlich habe ich Lust, meinem Bruder, meinem Vater, meiner Schwester näherzukommen. Noch mal von vorn anzufangen. Diesmal werde ich netter sein. Vielleicht ist es zu spät. Vielleicht muss ich für fünfzehn Jahre Egoismus bezahlen. Sie wissen nicht, wie sie ihn nennen sollen. Vor acht Monaten war es mir scheißegal, als mein Vater verkündet hat: »Ich werde Großvater.« Wir waren im »Flore«. Ich habe mich über ihn lustig gemacht. Habe alberne Namen vorgeschlagen. Dieser Junge ist ein unverbrüchliches Band zu diesem Teil meiner Familie. Ich sitze an meinem Computer. Ich habe Lust, zu weinen, zu rauchen, ein Bier zu trinken, zu schlafen, fernzusehen, zu kotzen, drauf zu pfeifen, Augustin anzurufen, meinem Vater eine SMS zu schicken. Dieses Kind wird einer Sippe angehören, in der ich mich nicht willkommen fühle. Bestimmt sind schon alle dort. Ich nehme mir noch eine Zigarette. Bestimmt sagen sie sich, dass ich nicht da bin. Vermutlich sagt niemand was, aber aufgefallen ist es allen. Ein neues Leben.

Der Zynismus wird wiederkommen. Ich werde weitermachen wie bisher. Man wird mich anbrüllen und mir vorhalten, dass ich gefühllos bin. Aber es ist 19 Uhr 29, und ich weine. Unwillkürlich falte ich die Hände. Ich bete für diese neue Seele und für mich selbst.

Es ist das erste Mal, dass ich an Gott glauben will.

Leere. Als hätte sich eine Glasscheibe zwischen mich und die Welt geschoben. Meine Mutter ist mal wieder weg. In Marokko, vielleicht. Es ist Sonntag. Ich rufe Augustin an. Er geht nicht ran. Macht nichts. Ich will raus. Ich beschließe, Zigaretten holen zu gehen. Ich habe keine unbeantworteten Anrufe auf meinem Handy. Ich bin in meinem Zimmer genauso einsam wie auf der Straße. Ich betrete einen Tabakladen.

»Junger Mann ... Sie wünschen?«

Nein, Madame, ich wünsche nichts. Oder doch, ich möchte das Rad gerne zurückdrehen, noch mal von vorne anfangen.

»Ein Päckchen blaue Rothman.«

Meine Chucks schlurfen über den Gehsteig. In einem Schaufenster das Spiegelbild eines x-beliebigen Schülers. Vielleicht träumt er nicht mehr vom Abhauen. Mit Partys ist jetzt Schluss. Mich zieht es auf einen Bahnhof, in die Abfahrtshalle. Ich gehe runter in die Metro, und es kommt mir vor, als würden die Leute mich nicht sehen. Als würde ich langsam mit der Metrostation, dem Wagon, den Eingeweiden der Stadt verschmelzen. Ich muss raus. Draußen ist es nicht so heiß. Ich komme an der Gare de Lyon an. Ich sehe den Menschen bei der Abfahrt zu. Ein Clochard nähert sich mir. Ich beschließe, weiterzuziehen. Ich gehe in den Jardin du Luxembourg. Das Wetter ist schön. Die Sonne geht gerade unter. Augustin hat mich immer noch nicht zurückgerufen. Ich mag sonnige Sonntage nicht, sie sind so *süßlich*. Ein Ball landet vor meinen Füßen. Ich reagiere nicht. Drei kleine Jungs bauen sich vor mir auf. Sie warten, aber ich reagiere immer noch nicht. Einer sagt ganz leise was. Ihre Worte, ihre Blicke perlen an mir ab. Wassertropfen auf nassem Gefieder.

»Sacha, nach diesem, wie soll ich sagen, *chaotischen* Jahr hat der gesamte Lehrkörper beschlossen, dass es besser ist, wenn Sie die Neunte wiederholen.«

Ich schaffe es nicht, das Wort *chaotisch* aus meinem Kopf zu verscheuchen. Es ruft heftige Bilder in mir wach.

Madame Loudeu fährt fort: »Und ich glaube, dass eine Veränderung Ihres Umfelds sehr angebracht wäre. Insofern wünscht die Schule nicht, dass Sie sich fürs kommende Schuljahr erneut hier anmelden.«

Meine Mutter bricht in Tränen aus. Madame Loudeu gibt sich unbeeindruckt. Wie still es ohne Schüler in diesem Klassenzimmer ist! Das bin ich nicht! Ich gehöre nicht zu denen, die von der Schule fliegen! Wir verlassen das Schulgebäude, meine Mutter hat ihre Sonnenbrille aufgesetzt. Wir reden an diesem Abend nicht mehr miteinander. Ich gehe in mein Zimmer und hole einen Flachmann mit Whisky aus meinem Schrank, dann noch einen. Jetzt muss ich zahlen. Für die Partys, die Exzesse. Ich muss zahlen. Um 22 Uhr rufe ich Augustin an. Wir treffen uns an der Place Saint-Sulpice. Ich bin stockbesoffen. Ich sage ihm nichts von meinem Rausschmiss. Ich trinke weiter. Er scheint sich keine Sorgen zu machen, mich so betrunken zu sehen. Er hat sowieso nicht mehr die Absicht, sich meinetwegen Sorgen zu machen. Nie wieder. Am Ende des Abends fühle ich mich nicht besser und kotze in den Brunnen. Ein Abend für nix und wieder nix!

Am nächsten Morgen zwingt mich meine Mutter, zur Schule zu gehen. Alle werfen mir mitleidige Blicke zu. Ich komme mir vor wie auf meiner eigenen Beerdigung. Ich habe einen Kater. In der Nachmittagspause gehe ich auf die Toilette. Sie ist leer. Ich nehme ein halbes Lexotanil. Ich schicke Augustin eine SMS. Ich schreibe ihm, dass es mir schlecht geht, dass ich ihn sehen muss, dass er das weiß. Er ist mein bester Freund. Er antwortet: *Treffen uns Samstag 17:30 im Café Babylone.* Ich bin nicht wirklich erleichtert. Ich gehe zurück ins Klassenzimmer. Ich höre, wie jemand zu seinem Nachbarn sagt: »Mann, stinkt der Typ nach Alkohol.« Der andere antwortet: »Kein Wunder! Wenn er sich überhaupt mal im Unterricht blicken lässt, ist er entweder bekifft oder besoffen.« Ich versuche, Floras Blick aufzufangen. Sie sitzt ein paar Plätze vor mir. Sie sieht mich an. Ich glaube, bei ihr bin ich unten durch.

Ich muss da raus. Ich hebe die Hand und schütze Kopfschmerzen vor, um den Raum verlassen zu können. Ich irre durch die Schule. Ich gelange in den Hof, der vom Kindergarten genutzt wird. Er hat sich seit meiner Zeit nicht sehr verändert. Ein paar Kinder spielen darin. Ich setze mich auf den Rand des Sandkastens. Die Luft ist sehr mild. Ich werde ruhiger. Anscheinend beginnt die Medi zu wirken. Eins darf ich auf gar keinen Fall tun: Bilanz ziehen. Wenn ich anfangen würde, ernsthaft nachzudenken, würde ich zwangsläufig zu dem Schluss kommen, dass ich nur noch eine blasse Kopie meiner selbst bin. Ein altes Polaroidfoto, namenlos, grau, immer weniger witzig. Ein kleiner Junge kommt zu mir und hält mir einen Stein hin. Ich lächle ihm kaum merklich zu und nehme den Stein. Der Junge beäugt mich beunruhigt. Das ist mir unangenehm, und deshalb schicke ich ihn weg. Er geht rückwärts davon.

Ich schließe die Augen und versuche an meine Kindheit zu denken. Ich sehe ein besonderes Licht an einem Juniabend, schmelzendes Schokoladeneis, eine Autofahrt, auf der ich auf dem Rücksitz eingeschlafen bin. Ich öffne die Augen. Warum haben mich manche Dinge mehr geprägt als andere? Ich hoffe, am Ende meines Lebens werden sich all diese Existenzsplitter zusammenfügen und alles wird einen neuen Sinn ergeben. Ein kleines Mädchen spielt mit einer Puppe. Es reißt ihr die Kleider vom Leib und schlägt ihren Kopf auf den Boden. Dann nimmt es die Puppe in den Arm, um sich zu entschuldigen. Jedes Mal wenn das Gesicht der Puppe auf den Boden knallt, zucke ich zusammen. Ich bin eine schmutzige Barbiepuppe mit sprödem Haar, leeren Augen und kratziger Stimme. Ich sehe mich vor einem Jahr. Der Juni war heißer. Ich will von nichts mehr was wissen. Alles dafür tun, dass ich nicht zum Nachdenken komme. Schlafen, es zumindest versuchen.

Ich warte im Café Babylone. Ich habe meine Sonnenbrille auf. Ich rauche eine Zigarette. Mir wird klar, dass Augustin nicht kommen wird. Er ruft an und entschuldigt sich. Er sagt, dass er mich sehen will, dass er heute Abend auf jeden Fall noch zu mir kommt und dass ich es nicht bereuen werde, gewartet zu haben. Ich frage ihn: »Bist du bekifft?«

»Warum?«

»Weil du immer Lust hast, zu vögeln, wenn du bekifft bist, und weil du immer mit dieser Stimme sprichst, wenn du Lust auf Vögeln hast.«

Er lacht. Am anderen Ende der Leitung höre ich ein Geräusch. Ein Knutschgeräusch. Ich frage: »Wer ist bei dir?«

Keine Antwort mehr. Augustin küsst am anderen Ende der Leitung jemanden. Er will, dass ich es höre.

22 Uhr. Er ist immer noch nicht da. Er geht nicht an sein Handy. Ich warte, und es ist nicht Ungeduld, die mich umtreibt, sondern ein dumpfes Verlangen. Es ist unumstößlich, ganz offensichtlich, klar: Er wird kommen, er hat es mir gesagt. Er kann sich Zeit lassen, heute Abend habe ich das Leben noch vor mir. Er kann küssen, wen er will. Er kann mit allen Mädchen vögeln, die mitmachen. Die Minuten verstreichen im Rhythmus seiner ernsten Stimme auf seiner Mailbox. Seine Stimme vorhin am Telefon war die eines Lügners. Eines Bekifften. Ich rauche eine Zigarette nach der anderen, weil ich eine in der Hand halten möchte, wenn er kommt. Er wird sich auch eine anstecken. Vielleicht wird er sich entschuldigen. Ich nehme Posen ein. 0 Uhr 34. Eine letzte, dann gehe ich hoch. Ich schwöre es. Nach dieser Zigarette schalte ich mein Handy aus und gehe schlafen. Mein Telefon klingelt. Er steht unten. Als ich ihm die Tür öffne, schnauze ich ihn an: »Scheiße, für wen hältst du dich? Glaubst du,

du kannst mich erst versetzen und dann um ein Uhr nachts hier aufkreuzen?«

Er antwortet ganz ruhig: »Tut mir leid. Soll ich wieder verschwinden?«

Los, Sacha, sei mutig, sag ihm, dass er sich verpissen soll. »Nein, wo du schon mal hier bist …«

Er steuert aufs Wohnzimmer zu und sagt: »Außerdem hab ich eine Überraschung für dich.«

Er zieht ein Tütchen Koks raus. Er setzt sich an den Tisch, bittet mich um ein Glas Wasser und starrt das Tütchen an. Ich setze mich ihm gegenüber. Eine halbe Stunde später beginnt mich das Licht der Halogenlampe ernsthaft zu stören. Augustin sieht wie ein Toter aus. Vor ihm steht ein Teller. Ein weißer Teller mit grünem Rand. Die Halogenlampe spiegelt sich darin wie eine verschwommene Sonne. Augustin hat darauf aus dem Koks Linien präpariert. Drei schnurgerade Linien wie drei Schneeraupen. Gibt es das? Er lässt die Tür hinter mir nicht aus den Augen, als rechne er damit, dass jemand reinkommt. Sein Handy liegt auf seinem linken Schenkel. Er fährt sich mit der Hand durchs Haar. Er wählt eine Nummer, dann noch eine, und als offenbar niemand antwortet, legt er das Handy wieder auf seinen Schenkel und seufzt. Wann genau hat er angefangen, sich dermaßen mit mir zu langweilen? Wann genau habe ich mich damit abgefunden, nichts mehr zu sagen? Es ist unanständig, dieses Schweigen hinzunehmen. Zwei Fremde schauen sich in die roten Augen. Er stützt den Kopf auf die Hände, dann beugt er sich wieder über den Tisch und zieht sich eine Linie rein. Er sagt mit so schleppender Stimme, dass sie fast unangenehm klingt: »Willst du auch was?« Ich nicke. Er reicht mir einen Fünfzig-

Euro-Schein, der schon zum Zylinder gerollt ist. Ich gehe mit dem Gesicht ganz nah an den Teller ran. Ich sehe mein Spiegelbild, das heißt eine Art Spiegelbild. Verzerrt, unscharf wie ein monströser Scherenschnitt. Ich ziehe die Nase weg und gebe Augustin den Geldschein zurück. Er fragt mich, ob ich bestimmt nichts abhaben will. Ich schüttele den Kopf. Ich weiß, dass wir in ein paar Minuten auf mein Zimmer gehen werden, dass wir ejakulieren und er dann geht. Ich weiß, dass ich danach schlafen möchte. Schlaf ist die einzige Zuflucht. Deshalb schüttele ich den Kopf. Er steht auf und geht in die Küche, um sich Wasser ins Gesicht zu spritzen. Ich höre das Wasser laufen, dann öffnet er eine Flasche, und eine andere Flüssigkeit läuft in ein Glas. Er kommt zurück ins Wohnzimmer und setzt sich. Sein Gesicht ist nass. Man könnte meinen, er hätte geweint. Er steht wieder auf. Das Koks zeigt offenbar Wirkung. Minutenlang läuft er hin und her, dann geht er aufs Klo. Ich höre ihn in die Kloschüssel spucken. Ich weiß, was in ihm vorgeht. Er sagt sich, dass er hier weg muss, dass er sonst erstickt. Ich rieche nach Alkohol, der Geruch steigt mir in Schwaden in die Nase und erinnert mich daran, dass ich gestern Abend zu viel getrunken habe. Er kommt zurück. Ich bin kurz davor, ihm zu sagen, dass er gehen kann, wenn er will. Aber ich habe nicht den Mut dazu. Sein Handy vibriert, es klingt irgendwie unheilvoll. Er geht ran. Ich höre eine Mädchenstimme. Er legt auf. »Ich geh dann mal.« Er snifft die letzten Linien. Er hebt den Kopf und bittet mich um ein Lexotanil oder Stillnox, weil er nicht vorhatte, sich so viel Koks reinzuziehen und »die Landung hart werden könnte«. Ich hole ihm was. Die Schachtel, die ich meiner Mutter geklaut habe, ist fast leer. Ich gebe ihm eine Tablette. Er steht auf, winkt mir zu und verschwindet durch die Tür. Mir fallen die Verben ein, deren Konjugationen wir ewig üben mussten: *Être, avoir, aimer, finir, voir, partir.* Sein Haben Lieben Aufhören Sehen Fortgehen. Unglaublich.

Ich habe Aussetzer, in denen es mir so vorkommt, als würde ich fallen. Ich werde unsichtbar. Die Zeit und die anderen gehen ohne mich weiter. Ich höre mich leben. Ich höre mein Herz, meinen Atem, ich spüre meine Muskeln und jedes Gelenk, als würden all diese Dinge schon sehr bald nicht mehr mir gehören.

Ich drücke eine Schere an mein Handgelenk. Nichts. Fester. Jetzt, es geht los. Ich spüre mich leben, während mir das Blut über den Arm läuft. Ich komme mir nutzlos vor, ähnlich wie sieben Milliarden andere Menschen, deren Blut laufen würde, wenn sie sich schneiden würden. Plötzlich kriege ich Angst und renne los, um Toilettenpapier zu holen. Ich schaffe es nicht, mich länger als ein paar Sekunden bluten zu sehen. Ich wusste nicht, dass ich so kindisch sein kann.

Doch ihr scheint all die Einschnitte in meinen Unterarmen nicht zu bemerken. Aber dafür sind sie doch da. Ich ersticke. Aber niemand reagiert. Das ist das Problem, wenn man im Stillen heult. Ich wünschte, die zerschnittene Haut, der literweise runtergekippte Alkohol, all das in Qualm aufgegangene Gras würden für mich sprechen. Wendet euch nicht unter dem Vorwand ab, dass ich lächle. Ich fürchte nur eins: mein Abbild. Es gibt zu viele Spiegel, als dass ich in Frieden leben könnte. Trotzdem habe ich den Drang, mich anzusehen, mich heimlich zu beobachten, mich zu bespitzeln. Ich lauere auf meine kleinsten Bewegungen, und mein Urteil ist hart. Ich kann einfach nicht mehr aus meiner Haut. Je öfter ich mich ansehe, desto kranker werde ich. Zu viele leblose Klone starren mir entgegen. Wenn ich verschwinde, nehme ich all meine Nachbildungen mit. Nichts wird übrig bleiben, und ich werde endlich schlafen können.

Und wieder kommt der Sommer mit all seinen Verheißungen. Die Jahresbilanz: sitzen geblieben, drei Zentimeter gewachsen, Augustin, eine in meinem Schreibtisch versteckte Flasche Wodka.

Morgen gehe ich mit meiner Mutter auf Kreuzfahrt. Die Luft in Paris ist mild. Mir graut vor der Reise. Ich mag die Fremde nicht und habe Angst vor der Dunkelheit. Noch fertig packen, dann schlafen gehen, erwachen und ferne Länder sehen … Ich hätte gern, dass dieser Satz irgendwie poetisch klingt, aber das war wohl nichts. Ich möchte gerne schreiben können.

Das Flugzeug startet gleich. Ich muss mein Handy ausschalten. Mein Hintergrundbild ist das Foto, das Augustin in Disneyland geschossen hat. Zwei Paar Chucks, die Zigaretten austreten. Das alles kommt mir weit weg vor. Mein Display wird schwarz, die Chucks verschwinden. Ich beschließe, ein Album von den Talking Heads zu hören. Ich schäme mich, weil ich mich cool finde. Meine Mutter sagt, dass sie dieses Album vor zwanzig Jahren auf dem Weg nach New York auch gehört hat. Die Talking Heads singen *We're On the Road to Nowhere*, und ich döse kurz ein.

Das Schiff ist hässlich. Nein, eigentlich ist es viel, viel zu groß, außerdem zu schmal, zu weiß. Die Leute reisen in dem Bewusstsein ab, dass sie zurückkommen. Reisende ohne Ziel, mit Gewissheiten, mehr nicht. Ich werde auf der Überfahrt krank. Eine ganze Woche sehe ich nur meine Kabine. Der Kapitän schippert Passagiere übers Meer, die Forscher sind tot. Die Frau mit der Louis-Vuitton-Tasche trinkt an der Bar eine Bloody Mary und vergisst dabei, dass sie auf dem Wasser ist. Es nutzt nichts, außerdem sind die Schiffe nicht mehr trunken. Sie schon.

Ich bin nur für zwei Tage nach Paris zurückgekommen, und sonst war niemand da. Das Wetter war schön, und ich habe mir ein Paar Jeans und Gras gekauft.

Ich erwache schlagartig. Ich will nicht auf die Uhr schauen, weil ich weiß, dass es sowieso zu spät ist. Es ist keine böse Vorahnung mehr. Ich spüre, wie in meinem Kopf etwas heimtückisch zerbricht. Es ist, wie wenn man ein Glas vom Tisch fallen sieht und begreift, dass man es nicht mehr festhalten kann. Das Warten, bis das Glas klirrend auf dem Boden zerspringt, ist lange und schmerzlich. Meine Fröhlichkeit, mein Lachen werden von Strippen gezogen wie bei einer Marionette. Ich hatte mich aufs Träumen verlegt. Jetzt gehen meine Hirngespinste in Flammen auf und erhellen dabei all die Dinge, die ich schon zu lange vor mir verberge. Ich stehe an einem Abgrund, ich kann ihn spüren, ganz nah. Ein Schritt zu viel, vielleicht noch ein Schritt, und ich zerschelle. Ich schaffe es einfach nicht, wieder einzuschlafen. Ich hole mir ein Stillnox aus dem Bad. Ich erkenne mein Spiegelbild nicht wieder. Ein Verrückter, der ab und zu klar im Kopf ist und dann Angst vor sich selbst kriegt. Irgendwann werde ich schon einschlafen, mithilfe vieler Schlaftabletten und noch mehr Illusionen.

Im Zug sitze ich neben übergewichtigen Spaniern. Es ist eine ganze Gruppe, die Spanisch spricht und zu selbstbewusst auftritt. Sie gehen mir auf die Nerven. Der Zug erreicht den Bahnhof von La Baule. Die Spanier schreien mich an, weil ich mich vordränge. Sie beschimpfen mich. Mich juckt das nicht. Ich habe Italienisch als zweite Fremdsprache genommen. Augustin erwartet mich auf dem Bahnsteig. Er trägt ein T-Shirt mit der Aufschrift *Provider*. Er scheint sich zu freuen, mich zu sehen, und umarmt mich. *Es kommt nicht auf den äußeren Schein an, sondern auf den inneren.*
»Meine Mutter ist draußen. Hattest du eine gute Fahrt?«
»Nein.«
Ich beschreibe ihm die Spanier. Er findet das saukomisch, weil sie gerade auf uns zukommen.
Wir verlassen den Bahnhof. Seine Mutter erwartet uns. Sie sieht Augustin ähnlich. Wirkt unfassbar jung. Sie begrüßt mich mit Küsschen. Ich habe sie schon immer gemocht.
Das Auto ist ein Cabrio, aber wir machen das Verdeck zu, weil es regnet. Brigitte erzählt uns, wie sie als junges Mädchen von zu Hause ausgestiegen ist, um sich mit ihren »Mackern« zu treffen. Das finde ich deprimierend. Ich bin sicher, sie schaut jeden Abend aus dem Fenster und hofft insgeheim, dass jemand sie mit dem Motorroller zum Tanzen abholt.
Das Haus ist groß und schön. Es ist eins von diesen alten, bürgerlichen Stadthäusern mit Stofftapeten in

allen Räumen. Gerüche nach Sand, Duschgel und altem Holz. Im Erdgeschoss gibt es eine ganz kleine Küche und ein riesiges Wohnzimmer mit einem großen Tisch und Sofas, die bestimmt sechzig Jahre alt sind. An den Wänden hängen Gemälde von Meereslandschaften.

Augustin zeigt mir unser Zimmer. »Wir teilen uns ein Zimmer, das stört dich doch nicht?«

Er lächelt mir kurz zu. *Der innere Schein.*

»Kein bisschen.« *Der innere.*

Ich packe aus, während Augustin duscht. Ich glaube, er wartet auf mich. Ich bin mir nicht sicher. Ich decke lieber den Tisch.

Ich gehe die Treppe runter. Die Geräusche aus der Dusche rücken in den Hintergrund. Ich fühle mich besser.

Das Abendessen ist zu Ende.

»Geht ihr Jungs heute noch aus?«, fragt uns Brigitte.

Augustin antwortet: »Nein, ich bin fix und fertig.«

Er dreht sich zu mir um: »Es macht dir doch nichts aus, hierzubleiben?«

Ich verneine. Wir gehen aufs Zimmer. Er versucht mir einen runterzuholen. Ich sage zu ihm, dass ich müde bin. Er wirkt nicht enttäuscht. Ich rauche am Fenster eine Marlboro Light und beobachte ihn beim Schlafen. Er dreht sich abrupt auf den Rücken. Er ist nackt. Er räkelt sich im Schlaf. Er ist muskulöser als früher. Er verachtet mich, und das ist keine Phase mehr. Er schnarcht und liefert mir so einen Vorwand, zum Schlafen ins Nebenzimmer zu gehen.

Ich wache früh auf. Ich gehe nach unten. Brigitte raucht in der Küche eine Zigarette.

»Gut geschlafen?«, fragt sie, als sie mich kommen sieht.

»Ja, und du?«

Sie steht auf, um den Aschenbecher zu leeren. Sie öffnet das Fenster. Sie riecht gut. Ein leichter, sehr sommerlicher Duft. Sie setzt heißes Wasser auf und sagt: »Ich habe gesehen, dass du nicht in Augustins Zimmer geschlafen hast.«

Ich antworte mit einem Lachen: »Er hat so laut geschnarcht!«

Sie lacht auch kurz, aber es klingt aufgesetzt. Sie ist nervös. Ich spüre, dass sie mir irgendwas übel nimmt. Ich weiß nicht, was ich sagen soll.

Sie schaut mir lange in die Augen, dann wendet sie sich ruckartig ab, als wollte sie ihre Gedanken abschütteln. »Was habt ihr heute vor?«

Ich antworte, dass wir an den Strand gehen wollen.

»An den Strand ...«, wiederholt sie mit abwesender Miene.

»Ja.«

Am Strand raucht Augustin eine Benson & Hedges. Er trägt eine weiße Bermuda und ein weißes Polohemd. Die Sonne scheint nicht, deshalb beschließen wir, ins Café zu gehen. Ins Tropical. Er bestellt ein Bier und ich einen *Diabolo Menthe*, eine Limonade mit Pfefferminzsirup. Ich suche nach Gesprächsthemen.

Er sagt: »Ich hab Sand in den Schuhen.«

Er zieht sie aus, und ich schaue seine Knöchel an und sage mir, dass ich sie eines Tages vielleicht nicht mehr sehen werde. Im Café läuft leise ein schöner Song, dessen Titel ich vergessen habe, und ich will

Augustin gerade danach fragen, als mir einfällt, dass er keine Musik mag. Ich habe ihm mal *Angel* von Elliott Smith vorgespielt. Er hat einfach nur gesagt, die Intro sei »zu lang«. Für ihn ist Musik nur *nützlich*. Sie hilft ihm beim Knutschen in der Disco, beim Laufen, manchmal auch beim Einschlafen. Draußen regnet es leicht. Nur kleine, zögerliche, unmerklich fallende Tropfen. Einmal hat er abends zu mir gesagt, dass er nur im Winter, wenn es kalt ist, gerne raucht. Jetzt hat er ständig eine Zigarette in der Hand.

»Du rauchst viel, oder?«

»Weniger als du.«

Ich habe unbändige Lust, mir was zu bestellen, um mich zu betrinken, aber ich tue es nicht. Im Fernsehen läuft ein Fußballspiel. Ein Match zwischen zwei Mannschaften, die niemand kennt. Augustin schaut auf den Fernseher. Ich frage ihn, wer spielt. »Sochaux gegen Bordeaux.« Ich habe mich geirrt, die Mannschaften sind bekannt. Ein Typ schreit: »Verdammt, nicht mit Links schießen! So eine Schwulenmannschaft! Ich sag's dir, Bertrand! Wann kapieren die endlich, dass sie keine Chance haben? Die haben in der 1. Liga nichts mehr zu suchen!« Wir verlassen das Café.

Jetzt regnet es richtig. Wir haben es nicht eilig, lassen Seite an Seite schicksalsergeben die Tropfen auf unseren Gesichtern platzen. Der Strand ist dunkel. Wenn sich hier bei Sturm die Gischt angriffslustig gegen die Felswand wirft, ist es, als träte das Festland zum Kampf gegen den Ozean an. Hier bietet ihm die Küste wirklich die Stirn, man könnte meinen, sie attackiert ihn sogar und verteidigt sich nicht nur. Ein unermüdliches Kräftemessen. Sekundenlang eine Atempause für beide, dann der nächste Zusammenprall. Schließlich zieht sich das Meer besänftigt zurück und hinterlässt einen feuchtglänzenden, geschundenen Fels. Am Ende siegt immer der Ozean. Trotzdem, wenn ich mir die zerklüftete Steilküste ansehe, finde ich, dass sie selbstgefällig wirkt. Man könnte meinen, der Felsen hätte beide Arme ausgestreckt und eine Faust in den Himmel gereckt. Der Stein wird nur langsam, Stück für Stück, abgetragen. Bis das geschafft ist, dauert es seine Zeit. Deshalb bewahrt er sich seinen Stolz.

Abends gehe ich zum Schlafen wieder ins Nebenzimmer.

Wie damals, als du in deinem Eifer zu weit gegangen bist.
Wie damals, als ich in den Dünen über dich hergefallen bin, sehe ich dich durch die angelehnte Tür von Liebesspielen träumen, die uns verletzen.

Augustin sieht Teleshopping. *Undurchschaubar.* Er bewahrt sich seine Geheimnisse. *Dunkelzonen.* Er ist einer von den Typen, die alle zum Teufel jagen können. Er lebt nur für sich und benutzt die anderen nur. So wie ich es sehe, dreht sich bei ihm alles nur um seine eigenen Gefühle. Nichts darf seine ständige Suche nach Zerstreuung behindern. Nichts darf seine eigenen Ängste widerspiegeln. Alle in seiner Umgebung müssen selbstbewusst, glücklich und schön sein.

»Willst du ins Kino gehen?«

Der Moderator der Werbesendung preist die Vorzüge einer Anti-Faltencreme mit Haifett.

»Weiß nicht. Was läuft hier?«, antworte ich und frage mich, wer so eine Creme wohl kauft.

»Nicht viel.« Ein paar Sekunden lang sagt er nichts mehr, dann dreht er sich zu mir um und lächelt. Mir wird ganz anders. Dieses Lächeln stimmt nicht, weil es ehrlich ist. Ehrlich wie ein Abschied. Wir beschließen, in *Spiderman 2* zu gehen.

Der Weg zum Kino führt quer durch den Wald. Augustin behauptet, es sei eine Abkürzung. Wir reden nicht viel. Ein paar Anläufe unternehme ich trotzdem. Wie so oft weicht er den Fragen aus, wie immer weiß er das genau. Dieses Spielchen finde ich unerträglich. Diese bescheuerte Unnahbarkeit. Ich sage: »Manchmal frage ich mich, wie du es schaffst, so ...«

Ich weiß nicht, wie ich mich ausdrücken soll. Ich halte den Mund, und offenbar hat er sowieso nicht damit gerechnet, dass ich den Satz beende. Der Pfad ist mit Piniennadeln bedeckt. Augustin blickt zu Boden, hebt einen Zapfen auf und schleudert ihn weit nach vorn. Das Sonnenlicht sickert durch die Äste.

»Wie du es schaffst, so ... so weit weg zu sein.«

Er steckt sich eine Zigarette an, und ich spüre, wie er sich ganz auf diese Tätigkeit konzentriert. Das macht er oft.

»Ich bin nicht weit weg ... Ich bin hier. Ich bin nirgends«, antwortet er sichtlich gereizt.

Ich habe Lust, ihm zu sagen, dass genau das sein Problem ist: Er ist nirgends. Er hat die Sterne angesehen, und ich habe geglaubt, er könnte über sie hinausschauen. Irgendwas am Leben stört ihn. Er flieht davor, indem er extrem lebt, weit weg von den anderen, irgendwo.

Ich sage: »Genau das ist das Problem: Du bist nirgends.«

Augustin schafft es, seinen Körper auf Autopilot zu stellen, von Party zu Party zu ziehen und trotzdem allein zu bleiben, zu reden, ohne nachzudenken, zu lachen, ohne was zu fühlen, auf Kommando zu weinen, ohne Lust einen Steifen zu kriegen. Augustins Gefühle haben einen Zweck, sie dienen ihm. Liebe ist das Bedürfnis nach Anerkennung, Traurigkeit das Fehlen eines absehbaren Vorhabens, Wut eine Verteidigung gegen sich selbst. Er wirft seine Zigarette weg. Ich sehe den Pinienzapfen von vorhin, und ich verstehe nicht, warum mich das traurig macht.

Er sagt: »Manchmal weiß ich einfach nicht, was du meinst ...«

Irgendwo im Wald fährt ein Auto vorbei. Ich habe den Eindruck, dass Augustin keine Ahnung hat, wo wir sind. Er hat sich verlaufen, und wir gehen im Kreis. Diesen Eindruck hat man bei ihm immer, wenn man ihm beim Gehen zusieht. Er ist die Bewegungslosigkeit in Aktion.

»Du bist so ...« Ich habe Lust, »leer« zu sagen, aber irgendwas hält mich davon ab, als könnte dieses Wort eine allzu heftige Reaktion bei ihm auslösen. Stattdessen sage ich: »Na ja ... Du willst nichts, du tust nichts, du schlägst nur die Zeit tot.«

Ich habe Lust, ihn zu fragen, ob er im Leben Ziele hat. Ob er sich vorstellen kann, wie er in fünf, acht, zehn Jahren sein wird. Er kann sich nicht mal vorstellen, wie er in ein oder zwei Minuten sein wird. Die Mühe macht er sich nicht. Er verschanzt sich hinter dieser Faulheit.

»Weißt du, manchmal solltest du vielleicht aufhören, alles verstehen zu wollen. Du solltest lieber versuchen, die Dinge zu erleben, anstatt sie zu verstehen.«

Volltreffer. Ich halte wohl lieber den Mund. Wir sind raus aus dem Wald. Unsere Unterhaltung hat Augustin anscheinend nicht weiter beeindruckt. Er wirkt sogar aufgekratzt. Er sagt: »Du bist wirklich ein komischer Typ.«

Beim Abendessen redet Brigitte viel. Augustin hört ihr nicht zu, ich tue nur so. Auf dem Tisch stehen Kerzen. Ich nehme eine und puste. Sie scheint auszugehen, doch gleich darauf flackert sie wieder auf. Vielleicht will ich diese Kerze gar nicht ausblasen. Dazu müsste ich einen einzigen Atemstoß machen, kräftig und schnell. Die Vorstellung widerstrebt mir. Ich rechne damit, dass mein langer, allzu zaghafter Atem die Kerze zum Erlöschen bringt. Ich rechne damit, enttäuscht zu werden.

Augustin hat Gras und zwei XTCs für fünfzig Euro gekauft. Ich habe das Gefühl, der Typ hat ihn abgezockt. Er wirkt genervt.

Ich schlage die Augen auf und kann nicht sagen, ob ich überhaupt geschlafen habe. Ich habe das seltsame Gefühl, dass meine Traurigkeit über mir schwebt wie eine Wolke, die nur ich sehen kann. Zum ersten Mal in meinem Leben achte ich auf meinen Herzschlag. Unsere Herzen sind unsere Uhrwerke. Wir sind Häuser, die mit jedem Pulsschlag altern. Ich höre die Geräusche der Nacht. Das Meer, irgendwo, als gleichmäßiges Hin und Her. Das Geräusch klingt nicht melodisch. Es kommt nicht vom Ozean.

Ich habe Augustins Schnarchen mit dem Meeresrauschen verwechselt. Ich stehe auf. Wie ein Schatten, der allzu dicht über den Boden gleitet. Ich gehe aus dem Zimmer. Ich stehe vor seiner Tür und habe panische Angst, dass die Dielen unter meinen Füßen knarren könnten. Ich kann nicht hinein. Im Haus schlägt der Hund an, und ich fühle mich wie ein auf frischer Tat ertappter Einbrecher. Ich gehe zurück in mein Bett. Er schnarcht nicht mehr. Jetzt ist alles still.

Nachts. Er rast mit dem Fahrrad los. Ich komme kaum hinterher. Er legt sich wie ein Verrückter in die Kurven. Ich versuche mit ihm mitzuhalten, aber immer wenn ich auf seiner Höhe bin, gibt er Gas und zieht davon. Ich frage ihn, wohin wir fahren. Er redet wenig, sagt keine ganzen Sätze. Ich kapiere, dass er noch mal zu seinem Dealer fährt.

Eine kleine Treppe führt zum Strand runter. Von hier oben ist er eine dunkle Fläche, über die verteilt kleine Lagerfeuer flackern. Ein Bild wie aus einem Western. Augustins Schritt wirkt entschlossen. Endlich einmal weiß er, wohin er will. Wenige Meter vor uns ist eine Feuerstelle mit ein paar Jugendlichen, die rauchen und trinken. Um sie herum Flaschen, Dutzende Flaschen, die wie durchsichtige Leichen rumliegen. »Nett«, sage ich ironisch.

Augustin erwidert: »Hör mal, keiner zwingt dich, mitzukommen. Ich brauche nicht lange.«

Er ist ziemlich bekifft oder ziemlich betrunken, aber egal wie angestrengt ich nachdenke, ich kann mich nicht erinnern, dass ich ihn an diesem Abend was habe trinken, rauchen oder schlucken sehen. Ein paar Schritte von den Jugendlichen entfernt, bleibe ich stehen. Augustin geht weiter. Ein Typ steht auf und redet mit ihm, während die anderen mit dem Finger auf mich zeigen. Ich habe ein ungutes Gefühl. Das Meer geht in den Himmel über. Es gibt keinen Horizont. Als ich mich wieder umdrehe, liegt Augustin am Boden. Er rappelt sich auf und brüllt: »Verdammt, du wirst mir meine Kohle zurückgeben, du Scheißkerl!«

Johlend schlägt ihm der Typ die Faust an den Kopf. Seltsamerweise wirkt Augustins Körper sehr schwerfällig, und ich spüre, wie viel Mühe ihn jede Bewegung kostet. Er holt selbst zu einem Schlag aus. Doch der geht daneben, und Augustin kassiert einen zweiten in den Magen. Das reicht. Ich schlinge die Arme um seine Taille, um ihn festzuhalten.

Ein Mädchen höhnt: »Na, brauchen wir unseren kleinen Freund, um uns zu schlagen?«

Ein anderes ruft: »Na los, verzieht euch und vergesst eure Kohle. Ihr könnt doch Mama und Papa fragen, ob sie euch noch mal hundert Mücken geben, oder?«

Ich versuche, Augustin zu beschwichtigen, indem ich ihn mit aller Kraft festhalte. Er schüttelt mich ab und verpasst mir eine Rechte. Mein Kopf kippt wie in Zeitlupe weg. Sein Gesicht, das Meer, dann der Strand. Ich weiß nicht, warum, aber ich sage mir, dass an diesem Abend kein Mond zu sehen ist, und denke, dass es mich beruhigen würde, wenn er da wäre.

»Du spinnst doch«, schreie ich Sekunden später.

Er packt mich an den Schultern und schüttelt mich. »Ich hab doch gesagt, dass du nicht mitkommen sollst. Ich geh jedenfalls nicht nach Hause!«

Er dreht sich um, zeigt mit dem Finger auf den Typen und sagt zu ihm, dass er mit ihm noch nicht fertig ist.

Dann dreht er sich wieder zu mir um. Er fasst mich an den Schultern und schiebt mich zu der niedrigen Mauer, die Sand und Stadt voneinander trennt.

Ich sage: »Komm, lass uns abhauen. Pfeif drauf, es sind doch nur fünfzig Euro! Augustin, bitte!«

Aus seinen Gesichtszügen schlägt mir Feindseligkeit entgegen. Sein Mund wirkt verlogen. Seine Nase fies. Sein Blick gleichgültig. Ich dringe nicht zu ihm durch. Er ist meilenweit weg von mir, hat sich in diesen Kampf verrannt. Er wird bestimmt verlieren, ich habe schon verloren. Sein Arm zittert, als er zu mir sagt: »Nein! Geh *du* jetzt nach Hause!« Verzweifelt lege ich ihm die Hand auf die Schulter.

Er stößt mich gegen die Mauer. »Du kotzt mich an, Sacha. Du machst mich lächerlich! Hau ab! Ich will dich nicht mehr sehen.«

Heute Abend ist er gewaltig. Fast schon wie ein Mann. Man soll sich nicht an Stränden aufhalten, die ihren Horizont verloren haben. Ich sollte ihm sagen, dass er Prügel beziehen wird, dass er keine Chance hat. Aber das weiß er längst. Wortlos gehe ich die Treppe hoch und sehe, wie er zum Lagerfeuer zurückkehrt.

Auf dem Fahrrad vergesse ich sekundenlang, wo ich bin. *Blur.* Die Häuser, die Straße, die Laternen, das Surren der Reifen sind meine einzigen Gewissheiten. Genau genommen weißt du schon seit einem Jahr nicht mehr, wer du bist, Sacha. Ich erinnere mich nicht mehr an meine Lieblingsfarbe. Ein Auto kommt angerast. Fast hätte es mich angefahren. Es hupt. Ich bin am Haus vorbeigeradelt. Das Mädchen hinter dem Steuer beschimpft mich. Irgendwie gelange ich in die Küche, ohne zu wissen, wie. Ich warte. Hier ist alles ruhig. Heute Abend habe ich Augustin nicht mehr wiedererkannt, und dieses Jahr habe ich mich selbst nicht wiedererkannt. Ohne ihn hätte ich nichts mehr. Ohne ihn.

Ein kleiner Junge rennt am Rand eines Schwimmbeckens entlang. Er springt ins Wasser, dann klettert er wieder raus. Er legt sich ins Gras. Er verspürt so etwas wie Wut, wie Verlangen. Er schläft ein. Er erwacht zu spät in einem Haus am Meer.

Ein Schlüssel wird ins Schloss gesteckt. Augustin taucht in der Küche auf wie ein Gespenst, wie ein Licht, mit dem du nicht mehr gerechnet hast. Ein zugeschwollenes Auge, eine violett verfärbte Wange, Blut im Mundwinkel. Du stehst auf. Ihr seht euch ins Gesicht, ihr sagt nichts. Seine Augen sind blutunterlaufen. Als er sich mühevoll hinsetzt, tut er dir leid. Er zündet sich eine Zigarette an. Schließlich sagst du, weil du was sagen musst: »Du bist echt bescheuert.« Er macht einen Zug und antwortet: »Das ist nicht der richtige Moment.« Du übergehst seine Antwort: »Ich kapiere das nicht. Was musst du dir beweisen?« Er packt deine Hand und sagt noch mal, dass es nicht der richtige Moment ist. Erregt, fast gequält, erwiderst du spöttisch: »Wie? Willst du dich jetzt mit mir schlagen?« Er antwortet, ohne dich anzusehen: »Geh schlafen.«

»Ich hab die Nase voll von dir«, sagst du aus Wut darüber, dass er dich so verachten kann. Er sieht dich wie ein Irrer an und schreit: »Ach, du hast von mir die Nase voll! Das ist die erste gute Nachricht in dieser Woche. Wenn du die Nase voll von mir hast, kannst du mich ja in Ruhe lassen. Und kannst endlich aus meinem Leben verschwinden.« Du weißt auch nicht, warum, aber es trifft dich nicht. »Das ist so fies«, entgegnest du, und er antwortet mit dieser Aggressivität, von der dir schon immer bewusst war, dass er zu ihr fähig ist, ohne dir vorzustellen, dass du selbst mal zu ihrer Zielscheibe werden könntest: »Willst du die Wahrheit wissen? Ich wollte dich nicht hierher einladen! Meine Mutter hat darauf bestanden weil du mich nach Tunesien mitgenommen hast. Ich dachte, du hättest es langsam kapiert; seit Wochen drücke ich deine Anrufe weg, ich geh dir aus dem Weg, aber du, du drängst dich immer wieder auf.«

Jetzt fängt es doch an, wehzutun. Es kommt ganz unten aus deinem Bauch und steigt dir in den Kopf, bis die Ohren dröhnen. Du spürst, dass du keinen längeren Satz hinkriegst, also hauchst du: »Warum tust du mir das an«, und es ist keine Frage. Es wird nie wieder eine sein. Er steht auf und lacht, dann sagt er: »Hier hast du die Szene, nach der du dich gesehnt hast! Deine Trennungsszene! Aber verdammt noch mal, Sacha, wach auf, wir sind kein Paar! Ich liebe dich nicht, okay? Mir macht es keinen Spaß mehr, du bist langweilig geworden, kapiert?« Für Sekunden wirst du taub. Du musst dich auf deine Atmung konzentrieren, dein Lidschlag wird immer langsamer, und am Ende schließt du die Augen.

Du antwortest nicht mehr. *Der Punkt, wo alles verschwindet.* Er ist da, du kannst ihn endlich definieren. Du bist unfähig, irgendwas zu antworten. Du weichst zurück. *Der Punkt, wo alles verschwindet.* Du drehst dich um. *Wo alles verschwindet.* Du gehst die Treppe hoch, die nie aufzuhören scheint, und endlich betrittst du dein Zimmer. *Verschwinde.*

Du setzt dich auf einen Stuhl, der dir bisher nicht aufgefallen ist. Minutenlang denkst du nichts mehr. Gar nichts mehr. Du schaust den Himmel an. Du wartest auf die Sterne, wie man auf jemanden wartet. Der Holzschrank steht offen und spuckt deine Kleidung wie Speichelfäden aus seinem dunklen Mund. Heute Abend tut es weh, du wirst dich daran erinnern. Du schaust aus dem Fenster, du siehst den Garten, der im Dunkeln liegt. Du fühlst dich weit weg. Du hast Lust oder das Bedürfnis, was zu tun, aber du kannst nicht, und deine Augen wollen sich nicht von dem kleinen tiefschwarzen Busch mitten auf dem Rasen lösen, der die Nacht aufzusaugen scheint. Du begreifst, dass dieser Abend einzigartig ist, weil du die Minuten zählst, die dir bleiben. Du musst an eine Autofahrt denken, die du mit deiner Mutter gemacht hast und auf der du eingeschlafen bist. Du hattest von Natur, von Licht geträumt, und als du die Augen aufgeschlagen hast, hattest du Angst, weil ihr durch einen Tunnel gefahren seid und alles orange und schwarz war. Du bist in Panik geraten, und um dich zu beruhigen, hast du dir vorgenommen, auf das Tunnelende zu warten. Aber am Ende des Tunnels war es draußen bereits dunkel geworden. Deine Mutter hat zu dir gesagt: »Das ist ganz normal, du hast sehr lange geschlafen, du hast ja keine Ahnung, wie lange.« Daran denkst du heute Abend zum ersten Mal zurück. *Orange und schwarz.* Die beiden Worte spuken zu lang in deinem Kopf rum. Ganz hinten in deinem Gehirn ist ein Geräusch wie bei einem Unfall zu hören. Laut und so schnell. Aber, Sacha, Erinnerungen sind neutral, sie haben keinen Geruch, keinen Geschmack, kein Leben. Du verleihst ihnen das alles. Eine Begegnung, ein Schock. Nein, die

Begegnung und der Schock. Daran denkst du nur, um noch zu hoffen. Im Kopf ist dir schon klar, dass es kein Danach geben wird. Als wäre allein schon die Vorstellung, dass Augustin ein Teil deines Lebens bleibt, absurd. Vielleicht belügt er sich selbst. Bestimmt hat er Angst, so wie du. Du sagst dir, dass er aufgeschmissen ist. Gleichermaßen. Ganz gleich. Allmählich glaubst du, er hat solche Angst, dass er alles in den Dunstschwaden eines Streits, in einem Blick, seinem letzten richtigen Blick auf dich versteckt, vergraben hat. Du möchtest was tun, und obwohl alles kaputt ist, willst du glauben und kämpfen. Aber gegen wen? Amor hat keinen Bogen mehr in der Hand, sondern ein Gewehr auf dich gerichtet. Augustin ist wie Sand, den du in den Händen halten willst. Es ist unmöglich, Sand lang in den Händen zu halten. Du klammerst dich an das, was du kannst, versuchst ein Puzzle zusammenzusetzen und kommst zu dem schrecklichen, fatalen Schluss: Er hat einfach die Nase voll, das ist alles, und das ist krass und hohl und ungerecht, aber das ist alles.

Du sagst dich immer mehr von den Dingen los. Du begreifst allmählich, dass es vorbei ist, du hast endlich den Punkt definiert, wo alles verschwindet. Du hast ihn gefunden, er macht dir keine Angst mehr. Du vergewisserst dich, dass deine Tür abgeschlossen ist. Alles entrückt dir. Das Bett, die Lampe, die Luft, die du mühsam atmest. Du bist im Begriff, dich Stück für Stück aufzulösen und einen Platz in einer Geschichte einzunehmen, die nicht mehr dir gehört, und endlich verstehst du: Diese Geschichte hat dir nie gehört. Du greifst nach einem Vierfarbkuli, den du noch nie gesehen hast, und einem leeren Blatt Papier, das auf deinem Schreibtisch aufgetaucht ist. Langsam, ohne zu zittern, fängst du an zu schreiben, und das Kratzen des Stifts auf dem Papier erleichtert dich. Links oben auf dem weißen Blatt steht jetzt ein Name.

Du wirst ihn *Augustin* nennen.

Der Sommer wird ohne Sacha zu Ende gehen. Er wird euch nicht sagen, was nach diesem Abend, nach diesem Jahr passiert ist.

Es ist hart, sich den Weg vorzustellen, der noch vor einem liegt, wenn man den einzigen Menschen verloren hat, mit dem man sich alles zugetraut hat. Andere werden Sacha auf seiner Reise begleiten, aber keiner wird ihm mehr weismachen können, dass sie irgendwohin führt. Erwachsenwerden heißt einsehen, dass Fliehen unmöglich ist, dass die Geschichten kurz und bedeutungslos sind, aber aus Gründen, die wir nicht nachvollziehen können, Spuren hinterlassen. Erwachsenwerden heißt einsehen, dass es kein Anderswo gibt.

Erwachsenwerden heißt einsehen, dass man sterben wird, oder nicht?

Bevor ihr Sacha Winter an diesem Strand zurücklasst, der nur in dem Augenblick existiert, in dem ihr diese Zeilen lest, muss ich euch warnen. Ihr sollt wissen, dass das, was er euch erzählt hat, wahrscheinlich nicht stimmt, weil ihn die Wahrheit schon immer erschreckt hat. Für ihn ist es leichter, aus der mittelmäßigen Wirklichkeit einen Roman zu machen. Sacha stellt sich ein Meer von verwaschener Farbe, einen Strand mit hellbraunem Sand, Wind vor, aber er macht sich keine Illusionen. Lang gestreckte Wolken ruhen auf dem Grau, das ein Blau werden möchte, und darunter ein Meer, das auch gerne *exotischer aussehen würde. Sacha weiß, wie man die Augen verschließt, und vergisst dabei einen Augenblick lang, dass er fantasiert, dass er sich auf nichts anderes versteht. Er schließt die Augen, und so beginnt seine Flucht durch Galaxien, die er sich selbst erfindet. Oft verwechselt er, wenn es dunkel wird, die Sterne mit den Straßenlaternen.*

Sacha ist nur ein Träumer, seine Katze heißt Chimäre, und auch das ist eine Lüge.

PIPER

Annette Pehnt
Man kann sich auch wortlos aneinander gewöhnen das muss gar nicht lange dauern

Erzählungen. 192 Seiten. Gebunden

Da ist die vermeintlich glückliche junge Frau, die von der Feststellung einer alten Chinesin verblüfft wird: »Ihre Schönheit schlummert in Ihrem Gesicht. Sie haben nur vergessen, wo sie ist.« Da ist die verzweifelt fantasievolle Zugbegleiterin, die sich wünscht, neben ihren Reisenden einzuschlafen. Oder die Verzagtheit zweier Kinder, deren Mutter eines Tages einfach ins Krankenhaus verschwindet. Ob alles wieder gut wird? Ob sie wieder zu sich zurück finden? – Trauer, Liebe, Schmerz und Nähe: Tiefenscharf und mit großer Empathie leuchtet Annette Pehnt unseren Alltag aus und entdeckt den Ausnahmezustand im Normalen. Jede ihrer Erzählungen sucht Worte für unsere Sprachlosigkeit und erzählt von den Momenten unseres Lebens, die uns zu Menschen machen.

»Annette Pehnt kann schlichte Sätze von großer Wahrhaftigkeit schreiben.«
Der Spiegel

PIPER

Jörg Harlan Rohleder
Lokalhelden

Roman. 285 Seiten. Klappenbroschur

»Meine Geschichte beginnt, wie so viele andere Geschichten, an einem Samstagabend. Ich bin nicht mehr ganz nüchtern, aber so kann ich wenigstens erzählen, ohne mich allzu sehr zu schämen. Neben mir stehen Enni, der wie immer an seiner Magnum zieht, und natürlich mein Freund Wolle. Mit dabei sind auch die ganzen anderen Spacken, der Schädler und der Schelm, der gerade aus dem Knast entlassen wurde. Wo die Million geblieben ist, die er mit der Dealerei verdient haben soll, und was mit Anna und Natja lief, davon wird hier auch die Rede sein. Und wer ich bin? Ich bin ein fabelhafter Lügner, Anstifter und Mitläufer, der Schmall, der kleinste gemeinsame Nenner all dieser mehr oder minder bemitleidenswerten Kameraden. Auch nur ein Kind der dämlichen Neunzigerjahre.«

PIPER

Thommie Bayer
Eine kurze Geschichte vom Glück

Roman. 224 Seiten. Piper Taschenbuch

Euphorie und Verzweiflung liegen für Robert Allmann nah beieinander: Am selben Tag, an dem er ein unvorstellbares Vermögen gewinnt, verliert er das Wichtigste in seinem Leben – und ist gezwungen herauszufinden, wer er wirklich ist. Wo liegt das Glück, und wie hält man es fest? Raffiniert und mitreißend erzählt Thommie Bayer von seinem verzweifelten Helden und dessen überraschender Antwort auf eine uralte Frage.

»Ein nachdenkliches, skurriles, zutiefst menschliches Buch. Ein Glückstreffer!«
Myself

PIPER

Julia Schoch
Mit der Geschwindigkeit des Sommers

Roman. 160 Seiten. Gebunden

Vor allem die Frauen waren übermütig, ihre Gesichter leuchteten, und ihr Lachen hörte man die ganze Nacht hindurch. Als hätte ihnen nun der Lauf der Geschichte, die Auflösung unseres Staates, ein Argument für ein eigenes Leben gegeben. Meine Schwester aber, die in der Abgeschiedenheit der Kiefernwälder und des Stettiner Haffs von der Freiheit geträumt hatte, hatte noch nichts, das sich zu verlassen lohnte. Nur die Familie, den Ehemann. Aber sie blieb, traf sich wieder mit ihrem alten Liebhaber und gab sich fast schwärmerisch der verlockenden Vorstellung hin, dass in diesem anderen Staat ein anderer Lebenslauf für sie bereitgestanden hätte. Wäre ich aufmerksamer gewesen, hätte ich ihre verhängnisvolle Entscheidung vielleicht rückgängig machen können.

PIPER

Ferdinand von Schirach
Schuld

Stories. 208 Seiten. Gebunden

Ein Mann bekommt zu Weihnachten statt Gefängnis neue Zähne. Ein Junge wird im Namen der Illuminaten fast zu Tode gefoltert. Die neun Biedermänner einer Blaskapelle zerstören das Leben eines Mädchens und keiner von ihnen muss dafür büßen … Neue Fälle aus der Praxis des Strafverteidigers von Schirach – die der Autor von Schirach in große Literatur verwandelt hat. Mit bohrender Intensität und in seiner unvergleichlichen lyrisch-knappen Sprache stellt er leise, aber bestimmt die Frage nach Gut und Böse, Schuld und Unschuld und nach der moralischen Verantwortung eines jeden Einzelnen von uns.

01/1887/01/R